ANNULÉ

Une fin de semaine au Ritz

C'est grâce à un programme d'aide à la traduction du Conseil des Arts du Canada que les Éditions Pierre Tisseyre ont mis sur pied, en 1980, la collection des Deux solitudes, jeunesse, dans le but de faire connaître aux jeunes lecteurs francophones du Québec et des autres provinces les ouvrages les plus importants de la littérature canadienne-anglaise.

Ce même programme permet aussi aux œuvres marquantes de nos écrivains d'être traduites en anglais.

Déjà plus d'une trentaine d'ouvrages, choisis pour leur qualité, leur intérêt et leur originalité, font honneur à cette collection, qui fut, jusqu'à l'automne 1989, dirigée par Paule Daveluy et, depuis, par Marie-Andrée Clermont.

FRANK O'KEEFFE

UNE FIN DE SEMAINE AU RITZ

traduit de l'anglais par
Michelle Tisseyre

ÉDITIONS PIERRE TISSEYRE
5757, rue Cypihot — Saint-Laurent, Québec, H4S 1R3

La publication de cet ouvrage a été rendue possible grâce aux subventions du Conseil des Arts du Canada et du ministère de la Culture du Québec.

Dépôt légal: 1er trimestre 1996
Bibliothèque nationale du Canada
Bibliothèque nationale du Québec

Données de catalogage avant publication (Canada)

O'Keeffe, Frank

[Weekend at the Ritz. Français]

Une fin de semaine au Ritz

(Collection des Deux solitudes, jeunesse ; 29).
Traduction de: Weekend at the Ritz.

ISBN 2-89051-586-9

I. Titre. II. Titre: Weekend at the Ritz. Français.
III. Collection.

PS8579K44W4414 1995   jC843' .54 C95-940856-8
PS9579K44W4414 1995
PZ23.O43Fi 1995

L'édition originale en langue anglaise
de cet ouvrage a été publiée par
Beach Holme
sous le titre
Weekend at the Ritz

Illustration de la couverture:
Romi Caron

10808

Copyright © Ottawa, Canada, 1996
Éditions Pierre Tisseyre
ISBN 2-89051-586-9
1234567890 IML 9876

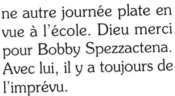ne autre journée plate en vue à l'école. Dieu merci pour Bobby Spezzactena. Avec lui, il y a toujours de l'imprévu.

Je ne pouvais pas voir par la vitre du bus à cause de la buée, mais quand j'ai entendu le brouhaha à l'ouverture de la portière, j'ai su qu'on était arrivés à l'arrêt de Spazz.

J'ai arraché les écouteurs de mon baladeur, et j'ai cessé de tambouriner sur le dossier du siège devant moi. Le dernier tube de Jackhammer, *Y a pas de réponse facile*, diminua d'intensité, et fut par la suite complètement noyé par les éclats de rire des élèves dans le bus. En voyant Spazz se faufiler dans l'allée, je n'en croyais pas mes yeux. Aujourd'hui, il s'était maquillé!

— Salut Kevin! a-t-il dit, en s'affalant à côté de moi, la bouche fendue jusqu'aux oreilles.

Spazz est mon meilleur ami.

Je me suis mis à l'examiner. Il avait les yeux cernés de crayon khôl. Sur un côté du visage, il s'était dessiné un éclair d'argent qui disparaissait sous ses longs cheveux blonds. Il portait un veston sport beaucoup trop grand pour lui avec des badges de cuir sur les manches, ainsi qu'une cravate mauve. Spazz achetait tous ses ensembles à l'Armée du Salut, mais j'avais la vague impression d'avoir déjà vu ce veston quelque part.

— T'as l'air dingue, lui dis-je. Attends, laisse-moi deviner. T'es le seul à t'être souvenu que c'était l'Halloween? On va avoir un défilé en classe et M. Dickson va donner un prix au plus beau costume. T'es costumé en raton laveur ou en panda, non? Il paraît que les pandas sont à la mode cette année.

Le sourire de Spazz s'élargit davantage. Il avait l'habitude des insultes.

— Non, ai-je poursuivi, ça ne peut pas être ça. On est en secondaire 4 et on a arrêté de faire ça au primaire. Bon, tu ne dors pas depuis des semaines parce que tu bûches sur le devoir d'anglais et c'est pour ça que t'as les yeux cernés.

— Quel devoir d'anglais? Tu veux dire qu'on en avait un?

Le sourire de Spazz avait soudain disparu.

— Tu sais bien, celui qu'on doit remettre aujourd'hui. Les vingt questions sur cette histoire de Farley Mowat.

— Qui ça?

— Farley Mowat! Tu sais bien, celui qui a écrit l'histoire sur les loups.

— Ah lui? Et on doit le remettre aujourd'hui?

Malgré son maquillage, je voyais que Spazz était inquiet. C'est un as pour tout ce qui concerne n'importe quel groupe *heavy metal,* mais les cours d'anglais lui donnent vraiment du fil à retordre. Il a beau mettre tous les efforts, ce n'est pas son truc. C'est drôle, d'une certaine façon. Ça ne lui fait pas un pli de s'habiller comme un de ses rockers préférés, même les plus bizarres, il supporte tous les quolibets et les insultes, mais dans les cours d'anglais, il n'y a rien à faire, il capote. Je ne l'ai pas laissé trop longtemps avec son inquiétude, quand même. C'est mon meilleur copain.

On arrivait au terrain de stationnement de l'école secondaire Le Carrefour.

— Non, lui dis-je, on n'a pas à le remettre avant mardi et puis j'ai toutes les notes de cours. On pourra le faire ensemble.

Spazz a eu l'air soulagé.

— Merci, Kev! Tu me sauves la vie!

Avant que j'aie pu l'en empêcher, il s'est penché sur moi et m'a donné un gros bec sur la joue. C'est à ce moment-là que je me suis rendu compte qu'il portait du rouge à lèvres.

— Arrête! lui ai-je crié.

Ç'a eu pour effet d'attirer davantage l'attention des camarades et de déclencher chez eux un énorme éclat de rire quand ils m'ont vu tenter d'effacer la marque rouge à l'aide de mon tee-shirt. Dieu sait ce que les petits allaient raconter à leur mère en rentrant à la maison! J'imaginais le directeur recevant des appels de mères affolées à l'idée que des dévoyés voyageaient dans l'autobus de leur enfant. Des fois, ça vous cause des problèmes, un copain comme Spazz.

— Apporte tes notes, m'a-t-il dit. Il va falloir se pousser tout de suite après le cours d'anglais. Y a un léger changement dans nos plans. Il faut qu'on soit en ville à midi.

— Quoi! Qu'est-ce qui se passe? Tu m'avais dit qu'on commençait ce boulot demain matin? Pas qu'il faudrait sécher des cours!

Je suis descendu du bus derrière Spazz et je l'ai poussé fermement vers les toilettes les plus proches. Par chance, il n'y avait personne, sauf l'habituel nuage de fumée de cigarette.

— Alors, explique-moi ce qu'on va faire. Tu m'as bien dit que c'était légal? (Je me suis regardé dans le miroir. J'avais réussi à enlever presque tout le rouge à lèvres, sauf une trace sur ma joue que je me suis empressé de laver.)

— C'est parfaitement légal, et tu vas recevoir deux cent cinquante piastres, comme je te l'ai dit. Et tu ne vas pas avoir besoin de ça.

Il lança le sac avec mon casse-croûte dans la poubelle.

— Minute! c'est des sandwichs que j'ai faits moi-même!

— Tu ne vas pas arriver là-bas en portant un sac de sandwichs au saucisson. De quoi ça aurait l'air? De toute façon, c'est à cet endroit qu'on va dîner.

— Ils n'étaient pas au saucisson, mais au jambon-fromage! Et puis, qu'est-ce que cette histoire de dîner? C'est toi qui paies, ou quoi? Ça fait une semaine que j'attends de savoir ce qu'on va faire. J'ai dit à ma

11

mère qu'on avait un emploi pour le week-end. Quand elle m'a demandé ce que c'était, j'ai été tellement vague qu'elle doit s'imaginer qu'on va voler une banque ou quelque chose du genre.

La cloche sonna, annonçant le premier cours.

— Relaxe, tout est sous contrôle. Je t'ai dit que je t'expliquerais, le moment venu. Tu sauras tout à midi. Et c'est légal. La seule chose qui ne l'est pas, c'est notre départ de l'école après le deuxième cours, et on ne vous pend pas pour ça.

On est allés à nos casiers et Spazz s'est fait regarder de travers par un ou deux élèves dans le corridor; mais la plupart savaient à quoi s'attendre avec lui.

Il jacassait à propos du dernier disque de Vautour Noir, mais j'avais du mal à me concentrer. Je me rendais bien compte qu'il s'était maquillé comme le chanteur-vedette de ce groupe, sauf que ses cheveux aux épaules auraient dû être noirs et non blonds; toutefois, le secret qui entourait toute cette histoire m'inquiétait. Spazz m'avait simplement dit qu'il avait un emploi pour nous, ce week-end, qui paierait bien, et que ma part serait de deux cent cinquante dollars. J'avais eu beau le questionner, il avait refusé de m'en dire plus.

— J'ai promis de garder le secret, me répondait-il. Où pourrais-tu gagner deux cent cinquante dollars pour deux jours de boulot, sans avoir à te forcer – logé et nourri par-dessus le marché?

C'étaient les deux cent cinquante dollars qui m'avaient convaincu. L'été, en travaillant comme un chien, j'arrivais à me faire une cinquantaine de dollars par fin de semaine, en tondant le gazon. Là on était en hiver, et j'étais complètement fauché.

Une autre raison qui m'empêchait de me concentrer sur ce que me disait Spazz, c'était que Debbie Dobrazynski venait de passer, en allant chercher ses livres dans son casier. Debbie, c'est la coqueluche de tous les gars de ma classe, et probablement aussi de tous les gars de l'école. Elle ne m'avait jamais regardé, moi, mais Spazz alors, ce n'était pas la même chose. Tout le monde remarquait Spazz. En l'apercevant, elle lui a souri d'un air amusé. Quel sourire elle a! J'ai essayé d'attirer son attention, mais elle m'a regardé sans me voir, puis elle s'est remise à sortir ses affaires de son casier.

J'ai fermé le mien, donné un tour à mon cadenas, et Spazz et moi sommes partis en classe.

— Hé, les gars, attendez-moi! (Lorraine Malone venait nous rejoindre.) Tu y vas fort aujourd'hui, Spazz. Tu es sensé être qui, cette fois?

— Vautour Noir, avec des cheveux blonds, dis-je.

— J'aurais pensé un pingouin, plutôt, a dit Lorraine en riant. Vraiment, Spazz, tu exagères! Le prof va avoir une attaque en t'apercevant. Faut croire que le concert de Vautour Noir était pas mal bon, hein?

Lorraine m'a jeté un coup d'œil et je me suis mis à rougir.

— Super, a répondu Spazz.

Lorraine est une chic fille. Je l'aime bien. Ce n'est pas une Debbie Dobrazynski, évidemment, mais elle est quand même pas mal jolie. J'étais sorti avec elle une fois ou deux, mais rien d'olé-olé, si vous voyez ce que je veux dire. Notre dernière sortie remontait à deux semaines, et le moins qu'on puisse dire, c'est que ç'avait été un fiasco.

J'étais censé me procurer des billets pour le concert de Vautour Noir. Le matin où on les avait mis en vente, je devais rencontrer Spazz à l'aube, devant le forum. Je ne m'étais pas réveillé, et tous les billets avaient été vendus. Spazz aurait pu facilement en acheter pour moi, comme il était le premier en ligne, mais en ne me voyant pas arriver, il a pensé que j'avais changé d'idée. Je ne suis pas aussi fou de Vautour Noir que

14

Spazz. Toutefois, comme je devais l'apprendre en l'invitant au cinéma, Vautour Noir est le groupe préféré de Lorraine. Elle avait vraiment compté aller au concert, et le fait que je n'aie pas les billets l'a vraiment déçue. Elle a dit qu'elle serait allée les chercher elle-même.

Pour comble de malheur, je lui avais dit que le film était épatant, et c'était un navet! J'ai su qu'elle était fâchée quand elle a refusé de m'embrasser en me disant bonsoir, et qu'après un simple «Merci Kevin» elle est rentrée chez elle à grands pas colériques.

M. Dickson, notre titulaire et prof de sociologie, a écarquillé les yeux quand Spazz est entré en classe, mais il s'est vite remis.

— Qui avons-nous ici? dit-il. Non, ne me le dites pas, laissez-moi deviner... Mais on ne peut pas me tromper si facilement. Il s'agit bien de Bobby Spezzactena. Dommage que la chirurgie plastique n'ait pas mieux réussi, Bobby. À ta place, j'exigerais un remboursement. J'aime bien ton veston, cependant. Il fait un joli contraste avec ta cravate.

La classe a éclaté de rire et Spazz a ri lui aussi. M. Dickson n'est pas un mauvais type.

On a filé par la porte du côté est de l'école, juste avant la troisième période, et on est allés rue Broxton. C'est l'artère principale de notre quartier.

Alors que je cherchais dans ma poche la monnaie exacte pour l'autobus, voilà mon Spazz qui hèle un taxi! Bouche bée, j'allais lui dire que je n'avais pas beaucoup d'argent sur moi, quand il a balayé mes protestations du revers de la main.

— C'est moi qui paie. J'ai eu une avance.

Les bras me sont tombés encore plus bas lorsque, une fois dans le taxi, je l'ai entendu dire au chauffeur:

— Au Ritz.

L'hôtel le plus chic en ville! Selon Spazz, j'aurais eu l'air déplacé en entrant là avec mon casse-croûte. Mais lui alors? Quel que soit le genre de travail qui nous attendait, comment réussirait-il, dans cet attirail, à passer la porte d'entrée?

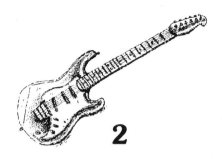

2

— **G**ardez la monnaie.

— Merci, mon gars. Bonne journée.

Je n'en revenais pas. Spazz venait de donner un pourboire de dix dollars au chauffeur de taxi! Spazz, mon meilleur ami, qui avait dû m'emprunter cinquante cents pour payer son hamburger au fromage chez Burger King, la semaine précédente. Mais je n'avais pas le temps de penser à ça. Le portier en livrée rouge du Ritz tenait la portière ouverte et c'était à son tour maintenant d'être estomaqué en voyant sortir Spazz.

Spazz monta les marches recouvertes de tapis rouge jusqu'à la porte vitrée de l'hôtel, comme s'il en était le propriétaire.

Je l'ai suivi, m'attendant à me faire chasser d'une minute à l'autre. Arrivé à la dernière marche, Spazz s'arrêta. Le portier se précipita derrière nous. Il ne semblait pas trop sûr s'il devait ouvrir la porte et il était devenu rouge comme son uniforme. Spazz lui glissa un billet de cinq dollars, ce qui lui fit perdre son embarras en un clin d'œil. Touchant sa casquette du doigt, il murmura: «Merci, monsieur», sur quoi on franchit les portes et on entra dans le somptueux hall du Ritz.

Le tapis bleu ciel était si moelleux que j'avais l'impression de marcher sur les gros nuages blancs de l'été. J'y enfonçais jusqu'à la cheville! J'étais content parce que je me disais que comme ça, on ne remarquerait peut-être pas mes espadrilles sales.

J'ai regardé autour de moi. Je n'avais jamais rien vu de pareil, sauf dans les films. Le hall était immense et tellement luxueux qu'il faudrait gagner une fortune avant même de penser à descendre dans un tel endroit. Le Ritz! Pas étonnant que Spazz ait dû donner un billet de cinq dollars juste pour pouvoir passer la porte.

Des palmiers en pots de trois mètres de haut entouraient le tapis. Un lustre qui devait peser une couple de tonnes pendait du plafond, brillant et scintillant comme un million de cristaux. À notre droite, il y avait un énorme comptoir de réception, orné d'une plaque de laiton. Celle-ci était tellement bien polie que j'y voyais ma réflexion, mais déformée comme dans les miroirs des parcs d'amusement. Un certain nombre de gars en chemises brodées d'or, pantalons noirs à rayures dorées et petites toques sur la tête, s'affairaient autour des bagages et reconduisaient les clients aux ascenseurs. Je me suis dit que ça devait être des chasseurs.

Il y avait aussi un ou deux autres gars, turbans bleu foncé, vestes bleu pâle à col montant, pantalons bouffants blancs rentrés dans de longues chaussettes blanches et de drôles d'escarpins à bouts pointus recourbés. Des clients d'un pays exotique? Avec un tapis volant caché derrière un des palmiers? Ç'avait l'air d'un bal masqué ou bien d'une scène tirée des *Mille et Une Nuits*. Tout le monde était costumé. Je me sentais déplacé dans mon jean et mon tee-shirt noir avec le numéro 14 écrit en rouge dans le dos. Le veston d'occasion de Spazz paraissait encore plus «occasionnel» dans ce décor.

On entendait de la musique classique jouée tout doucement. À ma grande surprise, j'aperçus sur ma gauche ce qui me sembla être un orchestre au grand complet. Un bruit de verres entrechoqués et d'argenterie m'indiqua que les gens assis aux tables étaient en train de dîner et que l'orchestre jouait pour eux. Les tables étaient recouvertes de nappes blanches immaculées, et sur chacune trônait un gros bouquet de fleurs. Des serveurs, ayant l'air de pingouins dans leurs smokings et leurs chemises blanches empesées, couraient un peu partout, chuchotaient entre eux, servaient les plats, versaient le vin et prenaient les commandes.

— On va dîner ici? ai-je chuchoté à l'oreille de Spazz.

— Hum, hum... Puis-je vous aider?

Celui qui paraissait être le roi des pingouins nous bloquait la route. Il était complètement chauve et portait un ceinturon rouge autour de sa taille bedonnante. Un petit insigne doré posé sur le revers de sa veste l'identifiait comme étant le maître d'hôtel. Il allait sûrement nous faire un mauvais parti. Ses sourcils froncés et son nez levé sur nous m'avertissaient que nous avions environ cinq secondes pour retourner dans la rue avant que ses gorilles cachés derrière les palmiers viennent nous jeter dehors.

— Oui, répondit Spazz en tirant de la poche supérieure de son veston une petite carte qu'il tendit au chauve.

Celui-ci examina la carte d'un air dégoûté comme si on venait de lui tendre un papier-mouchoir usagé, puis tout d'un coup, comme si une ampoule s'était allumée, son visage rayonna.

— Bienvenue au Ritz, messieurs!

Il virevolta, claqua des doigts, et, venant de nulle part, un des gars du tapis volant apparut.

— Stanley, conduisez ces messieurs à la suite royale.

Stanley! J'aurais juré que son nom était Abdoul ou Aladin ou quelque chose du genre, mais non, l'insigne qu'il portait indiquait qu'il s'appelait vraiment Stanley. Je me suis demandé si ses orteils étaient recourbés, comme le bout de ses drôles de souliers.

Stanley hocha poliment la tête.

— Par ici, messieurs, s'il vous plaît.

Sur quoi il se dirigea vers les ascenseurs, à gauche de la réception, avec nous deux qui courions derrière.

Je n'arrivais pas à croire ce qui se passait. Qu'y avait-il sur la carte que Spazz avait montrée au chauve? Et qu'est-ce que c'était que la suite royale?

De près, Spazz avait l'air de n'importe quel gars du Carrefour, excepté pour son accoutrement, bien entendu.

— Quel est votre boulot, ici? n'ai-je pu m'empêcher de demander à Stanley.

Il sourit en tirant une clef de sa poche avec laquelle il ouvrit une petite boîte fixée au mur de l'ascenseur. Il appuya ensuite sur un bouton.

— J'appartiens au service à la clientèle, me répondit-il.

Les portes de l'ascenseur se refermèrent et on se mit à monter. Je n'avais pas la moindre idée de ce que pouvait être le service à la clientèle, mais Spazz me mit au parfum:

— Ça veut dire qu'il appartient à la Sécurité.

Stanley continua de sourire, mais sans rien ajouter.

J'aurais voulu demander à Spazz si le boulot qu'on avait décroché nous forcerait à porter un costume de mascarade comme Stanley, mais je me suis dit que, si on devait être de la Sécurité, mieux valait se la fermer, comme lui. Je ne m'imaginais guère en train de poursuivre un criminel en souliers à bouts recourbés. Je surveillais les numéros à mesure qu'ils s'allumaient en montant les étages. Au 34, j'ai pensé qu'on s'arrêterait.

Il n'y avait pas de numéro plus élevé. Mais l'ascenseur continua de monter, pendant deux étages encore, me sembla-t-il. Puis les portes s'ouvrirent et Stanley sortit, en prenant soin de les empêcher de se refermer.

— Messieurs, dit-il.

Sur ces mots, il nous fit sortir dans un couloir recouvert d'une épaisse moquette. Son sourire grandit encore lorsque Spazz lui glissa quelques billets. Après une courbette, il disparut dans l'ascenseur. J'ai alors compris qu'on pourrait gagner pas mal d'argent ici, surtout si les autres clients du Ritz étaient aussi généreux que Spazz.

J'allais dire quelque chose quand je me suis rendu compte qu'il y avait un gars assis à un pupitre de l'autre côté du corridor. Si c'était le patron, ou si nous devions passer une entrevue, j'aurais bien aimé que Spazz m'en avertisse. Je me serais mis une autre chemise et un pantalon regardable.

— Messieurs? (Le gars portait un complet sombre et une cravate, et il ne souriait pas. En fait, il paraissait un peu hautain.) Vos pièces d'identité?

Nos pièces d'identité! Qu'est-ce que je pourrais bien montrer à ce gars-là, moi? Je n'avais ni permis de conduire, ni carte de crédit, ni rien. La seule chose que j'avais dans mon porte-monnaie et qui portait mon nom, c'était ma carte du club vidéo, et je ne pensais pas que ça suffirait. Mais je n'aurais pas dû m'en faire. Spazz montra de nouveau sa carte magique, et le gars eut l'air plus détendu. En même temps, une porte s'ouvrait en arrière du pupitre et un jeune homme aux longs cheveux noirs et à la moustache tombante nous faisait un petit signe. J'avais vaguement l'impression de l'avoir déjà vu.

— C'est d'accord, dit-il. Nous les attendions.

«Qui ça?» me suis-je demandé.

On a fait le tour du pupitre et on est entrés.

Si le hall m'avait paru extraordinaire, que dire alors de cette pièce! Le tapis était encore plus épais, et la vue, des grandes fenêtres, absolument fantastique. La pièce elle-même était deux fois plus grande que notre maison et les meubles avaient l'air de sortir d'une salle de montre. J'ai juste eu le temps de jeter un coup d'œil à un bar bien monté et à une chaîne stéréo qui couvrait un des murs avant d'apercevoir un homme qui se levait d'un fauteuil somptueux, la main tendue.

— Bienvenue Bobby, je suis heureux que t'aies pu venir un jour d'avance. Comme je te l'ai dit au téléphone, y a eu un petit changement dans nos plans. (Il serra la main de Spazz, puis la mienne.) Tu dois être Kevin.

— Salut! dis-je d'une voix étranglée.

Je serrais la main de Billy T Banko. *Le* Billy T Banko, chanteur-vedette de Vautour Noir, la plus grande sensation de tous les groupes rock de l'heure. Son dernier album avait obtenu le platine en quelques semaines à peine et le magazine *Rolling Stone* avait nommé Vautour Noir «Le groupe de la décennie»!

— Je vous présente mon batteur, Mike Helitizer. C'est lui qui va être mon témoin.

Mike nous fit un signe de la main.

— Salut!

Qu'est-ce qui se passait? Toutes sortes d'idées folles me traversaient la tête. Ç'avait l'air que Billy T allait se marier, mais qu'est-ce que ça avait à voir avec Spazz?

— Bon, a dit Billy. On n'a pas beaucoup de temps. Un avion nous attend à l'aéroport, et il faut qu'on y soit dans une demi-heure. Pour commencer, Bobby, je veux que tu me laves ce maquillage-là. Je ne le mets que pour mes performances en direct. Ah, voici Victoria. Vicky, je te présente Bobby et Kevin. Ils vont prendre la relève, en notre absence.

La femme qui venait soudainement de déboucher d'une autre pièce de la suite était éblouissante! Je ne pouvais pas m'empêcher de la regarder. Le plus proche qu'il m'ait jamais été donné de voir et qui lui ressemblait un peu, c'était Debbie Dobrazynski; mais Debbie était une élève de 4e secondaire. Vicky, elle, était une femme, et quelle femme! Ses cheveux cuivrés, qui lui tombaient jusqu'aux épaules, brillaient, et ses yeux verts avaient l'air de couver comme du feu sous la cendre; mais c'est la façon dont elle a traversé la pièce pour aller se tenir aux côtés de Billy T qui m'a époustouflé... Je n'arrivais pas à m'expliquer comment elle pouvait marcher dans sa robe. Elle avait l'air d'avoir été peinte sur son corps plus-que-parfait. Billy s'est aperçu que je la zyeutais.

— Jolie, hein? dit-il avec un grand sourire.

Toute souriante, Vicky posa un baiser sur la joue de Billy T.

— Enchantée, Kevin.

Elle me prit la main. Je sentais son parfum. Puis, elle se tourna vers Spazz:

— Bobby... Mon doux, c'est vrai qu'il te ressemble. C'est peut-être lui que je devrais épouser.

En riant, elle serra la main de Spazz et le regarda dans les yeux. Spazz rougit.

— Bien, Bobby, dit alors Billy, va laver ton maquillage. La salle de bains est en arrière, là-bas. As-tu fini tes bagages, chérie?

Vicky hocha la tête.

Spazz revint bientôt, sans ses cernes d'yeux au beurre noir, sans son éclair et sans son rouge à lèvres.

— Très bien, dit Billy. Maintenant, donne-moi ta veste et ta cravate. Cet après-midi, toi et Kevin irez flâner dans les boutiques du centre-ville, et peut-être dans une partie du centre commercial, mais faites ça vite. Autrement, les filles vont t'écharper pour rapporter des morceaux de toi en souvenir. Arrange-toi seulement pour qu'on te voie et reviens vite ici. Tenez, venez un peu voir.

Spazz et moi l'avons suivi jusqu'à l'immense baie vitrée.

— Vous les voyez? dit-il en pointant son doigt vers le coin de la rue. En voilà justement quelques-unes. Elles pensent que je suis ici.

Une petite troupe de jeunes filles étaient appuyées ou assises contre le mur d'un immeuble situé en face de l'entrée de l'hôtel.

— Elles peuvent être dangereuses, poursuivit-il. Et surtout, n'en ramenez jamais ici. L'hôtel s'en formaliserait. La Sécurité va les garder dehors. Maintenant, vous pouvez commander tout ce que vous voulez du service aux chambres, donc ne mangez pas au restaurant. Tiens, tu devrais t'exercer à signer comme moi. On veut que le personnel de l'hôtel croie aussi que je suis toujours là.

Spazz copia plusieurs fois la signature de Billy.

— Ça va, dit Billy. Maintenant, faites comme chez vous, servez-vous du bar; euh, n'y allez pas trop fort, quand même, faites jouer des cassettes, y en a une pile sur le stéréo, regardez la télé, bref, la place vous appartient. O.K., mets-toi ça, Spazz.

J'ai cligné des yeux quand Billy a arraché d'un coup sec ses longs cheveux noirs. Sous sa perruque, il avait les cheveux bruns et courts, et il ne ressemblait pas du tout à Billy T Banko. Mais Spazz, oui; en fait, dès qu'il a mis la perruque, il lui ressemblait comme deux gouttes d'eau. Il avait le même nez busqué et les mêmes yeux noirs, et si je n'avais pas su que c'était Spazz, j'aurais marché.

— Formidable! dit Billy en ajustant la perruque sur la tête de Spazz et en s'assurant que ses mèches blondes étaient bien cachées.

— Laisse pas le personnel de l'hôtel te voir sans perruque et, pour ce qui est des *groupies*, fais bien attention: si elles arrivent à te mettre le grappin dessus, ma couverture est fichue. Kevin, tu vas être obligé de le surveiller comme s'il était à la garderie, pour que rien ne lui arrive. Vous allez devoir convaincre tout le monde qu'on est toujours ici, autrement notre mariage va tourner au cirque, et je tiens au contraire à ce qu'il soit très privé. Kevin, tu n'as pas besoin d'avoir l'air d'un membre de Vautour Noir, juste d'un de mes *roadies*.

Je me remettais toujours du choc. Spazz allait personnifier Billy T, le chef de Vautour Noir, pendant que Billy et Vicky prenaient l'avion pour aller se marier dans l'intimité, quelque part, accompagnés de Mike, et que moi, je me transformais en *roadie* de Vautour Noir.

— O.K. les gars et un grand merci! On vous quitte.

Billy, affublé d'une perruque blonde, de la veste et de la cravate violette de l'Armée du Salut de Spazz, nous fit un geste d'aurevoir en sortant avec Mike, qui portait mon tee-shirt. Lui aussi avait enlevé sa perruque, et sa moustache avait disparu. Vicky attendait, assise. Elle allait les rejoindre dans une dizaine de minutes.

Spazz et moi, on ne disait pas un mot. On ne faisait que regarder Vicky.

— Relaxez, les gars. Rappelez-vous ce que Billy vous a dit, et tout va bien marcher. J'apprécie grandement ce que vous faites. Je n'aurais jamais pu supporter la présence de tous ces journalistes avec leurs micros et leurs flashs à mon mariage. Bon, le moment est venu. Je dois rencontrer Billy et Mike dans un stationnement à un coin de rue d'ici. Billy y a garé une vieille bagnole de Via-Route.

Elle endossa un imper par-dessus sa robe, se couvrit les cheveux d'un foulard, et mit des lunettes noires. Elle ramassa ensuite son sac à main et se dirigea vers la porte.

— Salut, les gars, murmura-t-elle. J'espère que vous n'allez pas trop vous ennuyer!

— On va faire de notre mieux, dit Spazz. Mais, de toute façon, Kevin a apporté des notes pour son devoir d'anglais.

C'est là qu'un souvenir me revint:

— Je les ai oubliées dans le taxi! dis-je.

— Bien joué, dit Spazz, en me lançant un sourire moqueur. Comme ça, on est sûrs de ne pas s'ennuyer.

— À lundi soir! dit Vicky.

— Beau mariage! lui lança Spazz.

Tout ce que j'ai trouvé à dire, c'est:

— Mais il faut que je sois rentré chez moi lundi!

Trop tard, la porte s'était déjà refermée sur elle. Spazz m'a regardé, puis il a lâché un WOW!

— J'suis un Vautour Noir! Pour toute la fin de semaine!

— Ouais... Ben moi, je pense que je suis rien qu'une poule mouillée, ai-je dit.

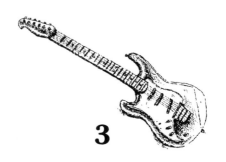

3

— **U**ne poule mouillée? dit Spazz. Qu'est-ce que tu veux dire par ça? Regarde tout ce qu'on a, ajoute-t-il en désignant la suite. N'importe quel élève du Carrefour donnerait sa chemise pour être à notre place. Tiens, laisse-moi te faire faire le tour du propriétaire. J'ai jeté un coup d'œil tout à l'heure en allant à la salle de bains. Il y a trois chambres à coucher et attends de voir le Spa. Ça doit se louer deux mille piastres par nuit, au moins!

J'ai suivi Spazz. Les lits étaient tous géants et chaque chambre avait son propre ameublement, sa télé, son téléphone et une grande salle de bains privée.

— Watatatow! ai-je dit. Y a assez de serviettes ici pour couvrir les murs!

— Oui, et regarde, a indiqué Spazz: des peignoirs de bain, toutes sortes de savons, de shampoings, de rince-bouche, d'eau de Cologne... Tout y est!

— Je veux bien, mais combien peut-on prendre de bains et de douches?

— Viens, je vais te montrer la salle de bains principale. En plus des trucs habituels, baignoire, etc., elle a un Jacuzzi et même une télé! On peut se faire tremper ce soir en regardant nos émissions préférées. Ils ont même des cassettes vidéo. Veux-tu voir un film porno? On n'a qu'à téléphoner à la réception et ils vous le mettent à l'écran. Pas mal, hein? Tiens, regarde, voici la liste. (Spazz prit une carte sur la télé comme on traversait le salon.) Regarde ces titres-là, Kevin! dit Spazz en roulant des yeux. On décidera ça plus tard. Voici la salle de bains principale. Elle est immense.

Tu parles! Je n'en avais jamais vu une aussi grande. Ce n'étaient que tuiles luisantes sur tuiles luisantes. En plein centre, un Jacuzzi ovale, bleu, pouvant facilement contenir six personnes, bouillonnait doucement.

— Regarde bien, me dit Spazz, en appuyant sur l'un des boutons du panneau de contrôle situé près du bord du bain. (Il y eut un gargouillement et les gicleurs à l'intérieur de la baignoire se mirent à l'œuvre: l'eau se mit à bouillonner.) Super, non? Mais j'ai faim. Viens, on va commander de quoi bouffer.

Il ferma les gicleurs et disparut dans le salon. Je l'ai retrouvé assis dans un fauteuil, en train d'étudier un menu.

— Spazz, il faut qu'on se parle.

— Ah oui?

— Oui. Qu'est-ce qui va se passer quand le gars derrière la porte d'entrée, ou Stanley et ses copains, se rendront compte qu'on n'est pas Vautour Noir?

— Relaxe! On va juste sortir une fois pour se promener un brin. On va commander toute la bouffe du service aux chambres. On verra seulement les gars qui nous apporteront nos commandes. Quoi qu'il en soit, c'est vrai que je ressemble à Billy T. Vicky elle-même l'a dit. Si Stanley et ses gars nous voient, ce sera seulement quand nous passerons au pas de course dans le hall d'entrée. Billy veut qu'on nous voie, tu te souviens? Maintenant, tu veux un steak ou quoi? Une bavette, un filet mignon ou bien une pizza?

— Un instant, Spazz. J'aimerais d'abord savoir comment tu as décroché ce boulot?

34

T'as rien voulu me dire, et maintenant, d'après Vicky, on est ici jusqu'à lundi soir. J'ai dit à ma mère qu'on travaillerait quelque part en fin de semaine mais qu'on reviendrait dimanche soir.

— Alors, passe-lui un coup de fil. Dis-lui que ce qu'on a à faire va prendre plus de temps qu'on ne pensait. Je ne sais pas pourquoi tu t'en fais tant. On est dans une place super, la bouffe est extra, on a même de quoi boire si on en a envie, et par-dessus le marché on se fait payer! Tu vas te faire deux cent cinquante piastres rien qu'à me tenir compagnie! Moi, je vais m'en faire cinq cents. Mais, c'est moi qui joue le rôle de la vedette! (Spazz ne put s'empêcher de sourire.)

— Mais pourquoi toi? Comment ça se fait que Billy T t'a choisi? Le connaissais-tu?

— Je le connais maintenant. Écoute, tu sais que je suis allé au concert de Vautour Noir y a dix jours, celui que t'as manqué parce que t'étais en train d'essayer de mettre le grappin sur Lorraine Malone. T'aurais vraiment dû l'amener au concert plutôt qu'au cinéma. Elle aurait vendu son âme pour aller à ce concert-là. (Spazz ricana.) Elle t'aurait peut-être donné plus que son bras droit si t'avais pas été si idiot. En tout cas, j'y suis allé seul, et j'étais assis en avant.

Au milieu du concert, un des *roadies* de Billy T est venu me voir en me disant que Billy T voulait me parler dans sa loge après le concert. J'ai pensé qu'il me faisait marcher.

«De toute façon, Billy T a trouvé que je lui ressemblais assez pour m'offrir ce boulot. Mais il m'a fait jurer de garder le secret. Il m'a dit que je pouvais amener un copain – ça, c'est toi – mais que je ne pouvais pas lui dire ce que nous faisions. Il croyait que si je le disais à quelqu'un, les gars du Carrefour voudraient tous être dans le coup et qu'à ce moment-là le chat sortirait du sac. La presse envahirait l'hôtel. Billy T et son groupe ont quitté la ville tout de suite après le concert, mais lui et Mike sont revenus en douce hier soir. Vicky habite ici et il est venu la chercher. Bon, tu sais toute l'histoire. Est-ce qu'on peut manger maintenant? Je meurs de faim.»

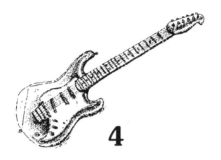

4

Nous prenions notre dîner, même si je ne savais pas trop ce que je mangeais. Quand Spazz avait appelé le service aux chambres, je lui avais simplement montré mon choix du doigt. C'est peut-être que la prononciation de Spazz laissait à désirer, mais j'avais toujours pensé qu'*à la mode* voulait dire qu'on vous servait de la crème glacée en accompagnement. Ce qu'on m'a servi, c'était un morceau d'une viande quelconque dans une sauce aux champignons; ça s'appelait *cœur de filet de bœuf à la mode du patron**. Spazz, lui,

---

* N.D.T. En français dans le texte.

avait un homard entier et un soufflé au chocolat.

Quand le gars du service aux chambres est arrivé avec sa table sur roulettes, tout était recouvert de dômes argentés. Spazz m'a fait donner un pourboire de cinq dollars au garçon.

— Combien d'argent Billy T t'a-t-il donné? lui ai-je demandé. Est-ce que ça faisait partie de tes cinq cents, ça?

— Non, il m'a donné cent cinquante piastres de plus, en me disant de tout le dépenser. Ç'a l'air qu'il est généreux avec les pourboires, et qu'il tient à soigner son image.

Spazz s'essuya la bouche avec sa serviette de toile et se trempa ensuite les doigts dans un petit bol d'eau dans laquelle flottait une tranche de citron.

— Pas mal, hein? Ils vous donnent même des rince-doigts.

— Des rince-doigts! J'ai bu le mien et ça m'a semblé être une limonade sans beaucoup de goût.

— Va falloir que t'arrêtes de bouffer chez McDo, dit Spazz en riant. Autrement, comment vas-tu jamais t'instruire? Il se leva et alla se regarder dans le miroir.

— Il est temps d'aller se promener. Es-tu prêt?

— J'ai juste besoin de me laver les dents. C'est une bonne chose qu'ils fournissent des brosses.

Pendant que je me brossais les dents, j'ai entendu la stéréo, et, à mon retour dans la pièce, mon Spazz était en train de sauter sur une des tables à café, en faisant semblant d'être Billy T qui jouait de la guitare. Il mimait les mots du dernier succès de Vautour Noir pendant que la chanson sortait à plein volume de la chaîne stéréo.

Des blondes aux barricades
Qui m'empêchent de t'approcher
Des blondes aux barricades
Seule ma brune compte pour moi.
Des blondes aux barricades
Des blondes aux bar-ri-cades,
Qui m'empêchent de t'approcher
Elles m'attaquent,
J'me défends,
Je viens à toi
Des blondes aux bar-ri-cades.

Spazz m'aperçut, sauta en bas de la table et arrêta la musique.

— Pas mal, hein? Allons-y maintenant.

— Où est-ce qu'on va?

— À deux coins de rue. On traversera peut-être le centre commercial. Comment ça s'appelle déjà? Les Galeries quelque chose?

— Les Galeries de la Mode. Elles ont des boutiques pas mal chics.

— Alors viens-t'en, on va s'amuser. Je commence déjà à me sentir comme Billy T.

Je mis la veste en jean que Billy T m'avait donnée. Elle avait un petit écusson de Vautour Noir sur l'épaule droite. Spazz portait une chemise blanche à col Mao et un spencer noir avec des épaulettes. Son pantalon était noir et très ajusté. Ça n'avait plus rien à voir avec son accoutrement de l'Armée du Salut. On s'est glissés hors de la suite et le bonhomme assis au bureau dans le corridor nous a fait un petit salut en écrivant dans un calepin. L'ascenseur arriva presque aussitôt et on y est entrés.

— Comment ça marche, cette affaire-là?

— T'as juste à appuyer sur RC pour «Rez-de-chaussée», me dit Spazz. Je peux comprendre que tu ne saches pas ce qu'est un rince-doigts, mais j'aurais pensé que tu savais faire fonctionner un ascenseur.

— Non, je voulais savoir comment on va faire pour remonter? Va-t-on devoir se servir de Stanley et de sa clef?

— Probablement, mais en ce moment, ce qu'on veut, c'est descendre. Allez, pèse sur RC!

Ce que je fis. Puis, en arrivant dans le grand hall, je n'avais qu'une envie, courir à la porte d'entrée. Mais Spazz voulait profiter au maximum de cette première occasion de jouer son personnage de Billy T. Il traversa donc nonchalamment le lobby à l'épais tapis, et je vis Stanley et le maître d'hôtel lui faire un petit salut de la tête. Plus loin, le portier s'élança vers la porte, prêt à l'ouvrir dès notre arrivée. On entendait murmurer les gens qui prenaient leur repas assis aux tables en bordure du lobby. Quelqu'un chuchota: «C'est Billy T. Chut! Il pourrait t'entendre. Tu sais bien, le groupe rock, Busard Noir.» J'ai pensé un instant que ma mère devait être là, elle qui n'arrive jamais à nommer les groupes rock correctement. «Il ne faut pas que j'oublie de l'appeler», me suis-je dit.

— Taxi, monsieur? dit le portier.

— Non merci, lui répondit Spazz, on va marcher.

— Entendu, monsieur. C'est une belle journée pour ça.

Une fois dans la rue, j'avais envie d'éclater de rire, mais Spazz me fit signe du regard de faire attention.

— Du calme, bonhomme, me dit-il. Va pas tout gâcher maintenant. Il faut qu'on se promène un peu, puis qu'on rentre à l'hôtel en personnifiant Billy T et son copain. Autrement, on va se retrouver chez Burger King ou McDo, sans les rince-doigts!

On a parcouru un pâté de maisons, puis on a traversé la rue. Sur le trottoir, j'ai vu venir vers nous, d'un pas rapide, le petit groupe de filles que Billy T nous avait signalé.

— Retourne-toi pas, ai-je conseillé à Spazz, mais je pense qu'on nous suit.

— Super, je les vois! Vaut mieux ne pas les laisser nous rattraper tout de suite, dit Spazz.

Il hâta le pas, mais les filles firent de même. En les entendant couiner et crier, on s'est mis à faire du jogging. On est arrivés au coin et on a tourné. J'ai cru entendre crier derrière nous: «Je t'aime, Billy!»

— Penses-tu qu'on devrait les laisser nous rattraper? me demanda Spazz. Y en a quelques-unes qui paraissent assez jolies.

— C'est pas une bonne idée. Souviens-toi que Billy T nous a dit qu'elles pouvaient être dangereuses. Si elles découvraient que tu es seulement Spazz?

— Dommage. Je ne me suis jamais fait courir après par des filles. (Il s'arrêta brusquement et s'engouffra dans une entrée. Je le suivis.)

— Entrons ici voir si on peut les semer, dit Spazz.

— Ici?

— Ouais.

— Mais c'est chez Friedbergs. Es-tu déjà allé là?

— Une fois. Ils m'ont demandé de sortir, et j'étais mieux habillé qu'aujourd'hui. Je pense que je vais aller m'acheter une cravate. On va voir s'ils aiment mieux l'argent de Billy T que celui de Bobby Spezzactena.

— T'es fou, Spazz!

— Ouais.

Spazz poussa la porte, et on s'est retrouvés dans la boutique pour hommes la plus chère et la plus sélect en ville.

— Bonjour, messieurs. Êtes-vous à la recherche de quelque chose de particulier?

Nous nous trouvions devant un gars aux cheveux lissés à la brillantine, qui portait une chemise blanche empesée, avec une cravate grise, un pantalon rayé et une jaquette noire à queue de pie. À la boutonnière, il avait un œillet rouge naturel. Je pouvais le sentir.

— Oui, une cravate... Quelque chose de couleur vive.

J'étais prêt à prendre la porte. La façon dont ce type levait le nez sur nous, c'était à croire que nous étions des saletés collées à la semelle d'un de ses souliers en cuir verni noir.

— Je ne crois pas que nous ayons quoique ce soit à votre goût, messieurs. Je...

— Monsieur Banko! Quel plaisir de vous revoir! Vous ne nous avez pas rendu visite depuis si longtemps! (Un autre figurant en queue de pie venait de se précipiter sur Spazz pour lui prendre la main.) Je vais m'occuper de M. Banko et de son ami, James.

— Très bien, Monsieur Charles. (James fit un petit salut pincé et disparut derrière un portemanteau rempli de complets gris.)

— Ne faites pas attention à James, monsieur Banko. Je ne crois pas qu'il vous ait reconnu. Il n'était pas là, je pense, lors de votre dernière visite. Maintenant, que puisje faire pour vous?

— J'aimerais une cravate. D'une couleur vive. Du rouge, peut-être.

— Certainement, monsieur Banko. Veuillez me suivre. Je vais vous montrer nos toutes dernières créations de Paris. En pure soie, et peintes à la main. Par ici, s'il vous plaît.

Spazz et moi avons suivi Monsieur Charles jusque dans un coin de la boutique, où des centaines de cravates étaient étalées sur le comptoir ou déployées en éventail sur les murs comme des tableaux. Monsieur Charles ne leur prêta aucune attention et ouvrit plutôt le tiroir d'un grand bahut.

— Les voici! s'exclama-t-il. Exclusives à Friedbergs. Ne sont-elles pas exquises?

On a regardé alors, Spazz et moi, dans le tiroir tendu de velours noir. Environ une douzaine de cravates de différents tons de rouge étaient épinglées au velours. Ornées de motifs: hippocampes, coquillages, fleurs miniatures, plantes tropicales.

— J'aime bien celle-ci, dit Spazz, en pointant du doigt une cravate rouge rosé couverte de sirènes dessinées en noir.

— Un excellent choix, monsieur Banko, et peut-être quelque chose aussi pour votre ami?

— Euh. Non, merci, ai-je répondu.

— Allons, me dit Spazz. C'est moi qui paie.

— Eh bien, je...

«Lui qui paie? ai-je pensé. On ne sait même pas le prix de ces trucs-là! Ce n'est pas l'Armée du Salut ici, c'est Friedbergs!»

Rayonnant, Monsieur Charles ouvrit un autre tiroir:

— Du bleu, peut-être?

— Hé! Elles sont fameuses, dit Spazz.

Une cravate bleu foncé garnie de petits papillons jaunes attira mon attention.

— Celle-là est super! dis-je, pensant: «Je me demande comment Lorraine Malone la trouverait si je la portais à notre prochaine sortie? À condition qu'il y en ait une...»

— Désirez-vous autre chose, messieurs? demanda Monsieur Charles.

— C'est tout pour aujourd'hui, merci, ajouta Spazz.

— À porter à votre compte, monsieur Banko?

— Hum... À propos, c'est combien?

— Quatre-vingt-dix dollars plus taxes, monsieur Banko.

J'ai retenu une exclamation, et j'ai vu Spazz avaler sa salive.

— Hum... D'accord, portez ça à mon compte.

— Entendu, monsieur. Je vais les faire emballer et vous apporter la facture à signer. Ce ne sera pas long.

Monsieur Charles parti en trombe, je soufflai à Spazz!

— Quatre-vingt-dix dollars plus taxes! Comment peux-tu porter ça au compte de Billy T? On va se faire accuser de fraude si jamais ce Monsieur Charles se rend compte de qui nous sommes.

— Je n'avais aucune idée que ça coûterait aussi cher, et je ne suis pas sûr qu'il me reste assez d'argent. Allez, t'en fais pas.

Billy T m'a dit de m'acheter une couple de cravates pour remplacer celles que je lui ai prêtées. Mais je ne savais pas qu'il avait un compte.

— Mais les tiennes t'avaient seulement coûté cinquante cents à l'Armée du Salut, et tu vas demander quatre-vingt-dix dollars à Billy T pour une couple de cravates en échange?

— De fait, je pense qu'elles coûtent quatre-vingt-dix piastres chacune.

— Chacune!

— Je ne savais pas qu'elles seraient aussi chères. J'allais payer comptant, mais quand le vendeur m'a proposé de le porter au compte, je me suis dit: «Pourquoi pas?» De quoi ça aurait eu l'air si Billy T avait dit qu'il ne pouvait pas se les payer? Je m'arrangerai avec lui.

— Tu pourras prendre l'argent dans ta part. Moi, j'avais pas envie d'une cravate.

— Si vous voulez bien signer ici, monsieur Banko.

Le dénommé Monsieur Charles tendit la facture à Spazz, qui y inscrivit la meilleure imitation de la signature de Billy T qu'il lui était possible de faire avec sa main qui tremblait.

— Et voici vos cravates, monsieur Banko. C'est toujours un plaisir de vous servir. Je... Qu'y a-t-il, James? Quelles filles?

L'expression du dénommé Charles changea de la perplexité à l'horreur lorsqu'il regarda dans la rue. La bande de *groupies* qui nous avait suivis avait grandi et certaines d'entre elles étaient en train de barbouiller la belle vitrine de Friedbergs en y collant leurs visages. Certaines avaient même l'air d'embrasser la vitre, y laissant partout des traces de rouge à lèvres humides. Un autre groupe essayait d'enfoncer la porte tandis que James tentait de toutes ses forces de les en empêcher. Les filles semblaient sur le point de gagner la partie.

— Monsieur Banko, s'écria Monsieur Charles, je pense que vous avez été reconnu par certaines de vos... euh... admiratrices! Vous allez devoir sortir par la porte d'en arrière. Vous vous retrouverez dans Les Galeries de la Mode. Je suis désolé de cet incident, monsieur Banko, mais si je ne vous fais pas sortir d'ici rapidement, on ne peut pas savoir ce que ces sauvag... ces jeunes filles pourraient faire comme dommages... Par ici, messieurs, s'il vous plaît.

D'un air paniqué, Monsieur Charles nous conduisit à l'arrière de la boutique, puis nous fit entrer dans un petit bureau où il déverrouilla une porte.

— Dépêchez-vous, messieurs... Bonne chance et merci!

On s'est retrouvés dans les Galeries, dans un étroit couloir, près des toilettes des dames. Avant que Monsieur Charles ait refermé la porte derrière nous, on a eu le temps d'entendre des cris venant de l'intérieur de Friedbergs et la voix exaspérée de James:

— Mesdemoiselles, s'il vous plaît! Contrôlez-vous!

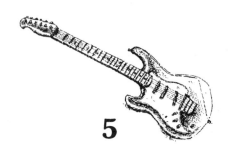

5

On s'est dépêchés de traverser les Galeries.

— Hé, regarde! Me v'là!

Un découpage en carton plus grand que nature de Billy T – complet jusqu'à l'éclair sur sa joue – se tenait devant la porte d'un disquaire. Il annonçait la sortie de son dernier disque, *Des blondes aux barricades*. Le Billy T de carton avait une jolie blonde de carton pendue à son bras, et la veste qu'il portait était identique à celle de Spazz.

Spazz se plaça à côté et prit une pose. Quelques passants le regardèrent.

— Viens-t'en! Spazz, ai-je dit, en le prenant par le bras et en l'entraînant. Tu ressembles trop au modèle de carton. On va se faire assaillir.

— Ça ne me déplairait pas de me faire assaillir par une aussi jolie blonde.

— Voyons, Billy T voulait juste que tu te montres, pas que tu causes une émeute.

— Y a pas de mal à parler à une ou deux filles.

— Je ne pense pas que les filles de chez Friedbergs aient juste voulu bavarder. Si elles nous rejoignent, elles vont être après nous comme des fourmis à un pique-nique.

— Super! J'ai jamais eu des filles après moi comme des fourmis.

— J'aurais sans doute pas dû employer le mot fourmi. Elles sont peut-être plus comme des piranhas. En cinq secondes, elle te boufferaient jusqu'aux os.

— Dis donc, depuis quand es-tu devenu un expert en ce qui concerne les filles? M'aurais-tu caché quelque chose?

— Je ne suis pas un expert. Une ou deux filles, ça va probablement, mais cette bande-là chez Friedbergs, y avait de quoi avoir peur et Billy T m'a dit que mon rôle consistait à te protéger. On devrait sortir d'ici. Elles ne vont pas mettre longtemps à voir où on est allés. En plus, y a trop de monde ici, et on commence à te regarder comme si on essayait de se rappeler où on t'a déjà vu...

— D'accord, dit Spazz, sortons des Galeries. J'ai soif. Entrons ici.

On était devant *Le Maquis français.* Une autre enseigne se lisait: *Paris Bistro.*

— Je pense que c'est un bar, ai-je dit.

— C'est aussi un restaurant. Regarde, y a un menu sur la porte. Viens, on va aller boire un Coke.

On a poussé la porte, puis on a descendu un escalier. Au bas, il y avait une porte qui s'ouvrait sur un bar-restaurant mal éclairé.

— On va s'asseoir au fond pour pas se faire remarquer, m'annonça Spazz.

— O.K., mais je ne me sentirai pas en sécurité avant d'être de retour à l'hôtel.

On est allés à tâtons jusqu'à une petite table, et on s'est assis. J'ai mis un moment à y voir clair. La lumière venait surtout de bougies fichées dans des bouteilles de vin vides sur les tables où mangeaient des gens. D'autres clients étaient assis au bar. J'ai ramassé un menu au moment où une jeune serveuse en mini-jupe approchait.

— Puis-je prendre votre commande?

À sa façon de prononcer le mot commande, je me suis dit qu'elle devait être française.

— Juste deux Coke, lui ai-je dit.

— Avec un sandwich, peut-être?

— Mais oui, pourquoi pas, fit Spazz. D'autant plus que j'ai faim. Qu'est-ce que tu as à m'offrir?

— Voici le menu, dit-elle en le lui tendant. On a du poulet froid, du jambon froid et plusieurs autres choses.

— Ouais? dit Spazz en souriant. Comment t'appelles-tu? Viens-tu vraiment de France?

— Je m'appelle Colette, répondit-elle, en lui rendant son sourire. En fait, je viens de Kitchener, ou, comme on dit en France, de Kit-che-nè-re. Il faut que je parle à la française pour travailler ici.

— Sans blague! s'exclama Spazz. Moi, tu m'as l'air d'une vraie Française. Fais-nous donc une surprise. Apporte-nous une assiette de tes sandwichs préférés.

— Avec deux Coke, ai-je ajouté. S'il te plaît.

— Hé! c'est le fun ici! J'te gage que Billy T est un client régulier.

Colette revint quelques minutes plus tard, en portant un plateau de tout petits sandwichs et deux grands verres de Coke avec de la glace.

— Voilà mes sandwichs préférés, dit-elle, de son faux accent parisien. Mais d'habitude, je conseillerais du vin blanc plutôt que du Coke pour les accompagner.

— Ah oui? Ben on va se contenter du Coke pour l'instant, dit Spazz. Qu'est-ce que c'est que le rose, là, entre les tranches de pain?

— C'est du fromage à la crème avec des cerises au marasquin. Euh... Est-ce que ça vous dérangerait beaucoup de me donner votre autographe? (Colette lui tendit une feuille de papier et un stylo.)

— Mais non, pourquoi pas? «À Colette. Amicalement. Billy T», dit Spazz en écrivant.

— Oh, merci beaucoup! dit Colette. Bon appétit!

Dès que Colette fut repartie, Spazz mordit dans un sandwich.

— On vous donne de bonnes choses quand on est une vedette rock, dit-il. Pas mal du tout!

— Vraiment? (J'ai pris une bouchée.) C'est bon, mais je préférerais quand même un hamburger de chez Burger King. On aurait probablement pu s'en acheter quatre chacun au prix de ces sandwichs-là. Faut que j'aille aux toilettes. Je reviens tout de suite.

J'ai mis un peu de temps à m'y retrouver dans l'obscurité, et quand j'en suis revenu, une jeune femme dans la trentaine était assise sur ma chaise, en train de parler avec Spazz.

— On s'attend que *Des blondes aux barricades* dépassent même les ventes de *Tolérance Zéro*, disait-elle. Ç'a pris combien de temps à réaliser l'album, de la conception à la dernière impression? (Elle venait de me remarquer.) J'ai pris ta place.

— C'est pas grave, lui dis-je en approchant une autre chaise.

— Jessica Kendall, dit-elle, en me tendant la main. (Je la lui serrai.) Reporter-spectacles de *La Chronique*. Et toi?

— Kevin Ashworth. Je suis un des *roadies* de Spazz, euh, de Billy, me suis-je empressé de rectifier.

Mais j'avais déjà cessé de l'intéresser.

— Six mois en tout, disait Spazz. Du début à la fin.

Jessica prenait des notes dans un calepin.

— Une ou deux questions encore et je te ficherai la paix. Tu t'es vraiment montré très compréhensif. Tu n'imagines pas combien il est normalement difficile d'approcher les vedettes du rock comme toi. Une question d'ordre personnel maintenant... pourrais-tu me confier qui est ton dernier...?

— Comme je te l'ai dit, répondit Spazz, c'est: *Des blondes aux barricades*.

— Non, excuse-moi, je ne me suis pas exprimée, clairement. Je voulais dire ton dernier béguin. Si ce n'est pas trop indiscret. Sors-tu toujours avec Nirvana Nyx? Elle est elle-même en voie de devenir une vedette importante. Elle a deux tubes en ce moment. Si vous faisiez équipe tous les deux... et puis, c'est une blonde... Excellente publicité pour ton disque. Alors? Que dirai-je? On ne vous a pas vus ensemble depuis un moment.

— Euh, non, dit Spazz.

Puis, s'apercevant que je fronçais les sourcils, il ajouta:

— Euh... on a été pas mal occupés tous les deux.

— Super. Merci. Ah, une dernière chose. Il se trouve que j'ai un petit appareil-photo dans mon sac à main. Je sais que c'est présomptueux de ma part, mais seulement une photo? (Elle était déjà debout, en train de sortir son appareil.) Pourrais-tu t'asseoir plus près de Billy, euh Éric?

— C'est Kevin, ai-je rectifié.

Je pris la chaise que Jessica avait occupée et murmurai à Spazz: «Je ne pense pas que ça soit une bien bonne idée.» Mais Spazz arborait déjà un grand sourire et Jessica fit fonctionner son flash au même instant.

— Merci mille fois! dit-elle. Je n'avais aucune idée que tu étais toujours en ville, et ton agent a refusé toutes les interviews à ton dernier concert. Je l'apprécie grandement. Au revoir!

— Qu'est-ce qui t'a pris? ai-je demandé à Spazz. Billy T n'a pas parlé d'accorder des interviews aux journaux. Sortons d'ici avant qu'il en arrive d'autres. Tu t'es assez montré en public aujourd'hui. Retournons à notre chambre d'hôtel, tout de suite!

— O.K.,O.K., j'arrive!

Spazz jeta une poignée de dollars sur la table pour payer notre lunch, glissa le paquet contenant les cravates dans la poche de sa veste et me suivit pour sortir dans les Galeries. Je jetai un coup d'œil des deux côtés pour m'assurer que les filles de chez Friedbergs n'étaient pas là à nous attendre.

J'ai pensé qu'il valait mieux rentrer par une autre route. Alors j'ai vite fait sortir Spazz par l'extrémité opposée du centre, qui débouchait sur une autre rue.

— C'était pas très malin de donner une interview à la presse. Qu'est-ce que tu sais des relations de Billy T avec Nirvana Nyx?

— Rien, sauf ce que j'ai lu dans *Rolling Stone*.

— «On a tous les deux été pas mal occupés», dis-je en l'imitant. C'est une bonne chose que tu n'aies pas parlé de Vicky, celle que tu es supposé être en train d'épouser. Qu'est-ce que t'as dit d'autre à cette femme-là avant que j'arrive?

— Pas grand-chose. De toute façon, elle était convaincue que j'étais Billy T. De quoi ça aurait eu l'air si je lui avais avoué que j'étais rien que Bobby Spezzactena qui faisait semblant d'être Billy T? Tu penses qu'elle m'aurait cru? Et qu'aurait-elle écrit alors? Je ne pouvais pas très bien lui parler du mariage de Billy T, hein?

— Je suppose que non. Mais mieux vaut rester dans notre chambre d'hôtel jusqu'au retour de Billy T. Comme ça, on risquera pas d'avoir des ennuis.

Nous venions d'arriver devant les marches du Ritz, quand on a entendu des cris: «Le voilà!»

J'ai jeté un coup d'œil rapide par-dessus mon épaule. Les filles nous avaient rejoints et elles zigzaguaient entre les voitures en traversant la rue comme si la circulation n'existait pas.

— Viens-t'en! ai-je dit à Spazz en lui prenant le bras et en le propulsant dans l'hôtel avant même que le portier ait eu le temps de nous ouvrir la porte. On a traversé le hall d'entrée à la course et on est allés se réfugier dans un ascenseur que Stanley tenait

58

ouvert pour nous. Avant que la porte se referme, j'ai aperçu plusieurs autres types habillés comme Stanley qui couraient prêter main-forte au portier au cas où les filles, maintenant groupées, tenteraient d'entrer.

On était revenus à la chambre depuis environ un quart d'heure, et je commençais à relaxer. J'avais appelé ma mère pour l'avertir que je ne rentrerais pas pour le souper et lui annoncer que mon travail me retiendrait encore le lundi. Elle n'avait pas l'air trop contente à l'idée que j'allais manquer un jour d'école, mais je lui avais promis de me rattraper, en faisant plus de devoirs ou quelque chose du genre.

Spazz examinait le menu, en essayant de décider ce qu'il allait commander pour le souper, bien que je n'aie pas pu comprendre comment il pouvait s'intéresser à la nourriture! Les filles avaient été se poster de l'autre côté de la rue et elles s'étaient regroupées. Elles semblaient être encore plus nombreuses qu'avant.

— Ça va aller, lui ai-je dit, tant qu'on reste ici. Elles s'agitent seulement quand elles te voient.

— C'est dommage, dit Spazz en poussant un soupir. J'ai jamais eu autant de filles après moi. Une fois qu'on aura fini le travail, je reviendrai peut-être au centre-ville habillé comme ça, et je me livrerai à elles. Je ne sais pas comment je pourrais m'arranger pour les rencontrer une à une.

— Ça les fâcherait peut-être de découvrir qui tu es vraiment et alors la situation serait pire...

La porte s'ouvrit avec fracas.

— Te voilà, mon espèce de vaurien!

La porte se referma en claquant tout aussi fort, noyant les dernières paroles de la donzelle. Si sa longue queue de cheval blonde et sa robe de cuir moulante couverte de chaînes n'avaient pas suffi, le petit papillon vert tatoué sur sa joue gauche l'aurait vendue. C'était Nirvana Nyx et elle était furieuse.

— Accouche! Où est-elle? L'as-tu cachée dans une de tes chambres?

Elle traversa le salon à grandes enjambées et alla affronter Spazz. Il s'était levé nerveusement, mais Nirvana le rassit d'une bonne poussée sur la poitrine.

— J'ai pris le premier avion en partance d'Atlanta – ce qui n'est pas la porte d'à côté – quand je me suis rendu compte de ce qui se passait. J'étais au beau milieu d'une séance d'enregistrement, en plus. Alors! Est-ce que je vais être obligée de passer toutes les pièces au peigne fin ou vas-tu la mettre dehors? Je t'avertis! Quand j'aurai mis la main dessus, je vais lui arracher tous ses cheveux roux, à cette écervelée-là! Quant à toi!…

Comme Spazz se levait de nouveau, Nirvana s'empara, sur une table à café, d'un vase d'aspect coûteux, et le lui lança à la tête. Heureusement pour lui, il l'avait vu venir, de sorte que le vase alla se fracasser contre le mur derrière lui. Je me suis demandé si nous aurions à payer les dommages à même l'argent que Billy T nous avait laissé. Pour sa part, Nirvana semblait chercher autre chose à jeter à la tête de Spazz.

— Elle n'est pas ici, et il n'est pas Billy T, me suis-je écrié, pensant qu'une confession sur-le-champ était la meilleure chose à faire.

Nirvana était étonnamment forte pour sa taille. Je me souvins d'avoir lu qu'elle faisait des exercices de musculation. Elle souleva une petite table d'appoint.

— Quoi? Qui es-tu, toi? Je ne t'ai jamais vu de ma vie.

J'ai été soulagé de la voir poser la table.

— Je suis Kevin Ashworth, et lui, c'est Bobby Spezzactena. On est seulement deux élèves de l'école secondaire du Carrefour. Je sais bien qu'il ressemble à Billy T, mais ce n'est pas lui. Explique-lui, Spazz.

Spazz ne disait rien. Il semblait en état de choc.

— Ouais! Vous pensez que je ne reconnais pas ce gigolo à la gomme?

Elle semblait avoir oublié la table, mais elle aperçut un lourd cendrier de verre sur une autre.

— Laissez-moi vous expliquer, ai-je dit. Billy T était ici, mais il n'y est plus. Il voulait s'absenter quelques jours, et il avait besoin de quelqu'un pour prendre sa place, pour faire semblant qu'il était lui. Spazz a décroché l'emploi parce qu'il lui ressemblait.

— Laisse-moi voir. Je ne crois pas un mot de ce que tu me dis.

Nirvana alla vers Spazz qui était retombé dans le fauteuil, l'air complètement assommé. Moi, je regardais ce qui allait se passer, en espérant qu'elle ne nous ferait pas subir une autre attaque. Ses ongles longs au vernis doré, pour mieux accompagner ses cheveux, avaient l'air pas mal dangereux.

Elle posa les mains sur les appuie-bras du fauteuil de Spazz et le fixa droit dans les yeux.

— Si tu n'es pas Billy, tu es son sosie, dit-elle posément. Mais il y a une façon d'en être sûre.

Je retins mon souffle et Spazz cligna des yeux de surprise quand elle alla se mettre sur ses genoux. Elle le prit dans ses bras et lui dit: «Embrasse-moi.»

J'ai regardé de tous mes yeux Spazz et Nirvana s'embrasser avec passion, même si la passion venait surtout du côté de Nirvana, Spazz étant toujours en état de choc.

Nirvana prolongeait le baiser et Spazz avait l'air d'y prendre goût. Je me demandais combien de temps allait durer l'épreuve et ce qui se passerait ensuite. C'était un peu gênant de les regarder s'embrasser, mais, d'un autre côté, combien de gars ont pu voir leur meilleur ami sucer le museau d'une des plus célèbres bouches des vedettes rock en Amérique du Nord?

C'est finalement Nirvana qui s'est arrêtée. Après être descendue des genoux de Spazz, elle dit:

— Bon, alors t'es pas Billy T. T'embrasses pas mal, mais tu n'as absolument pas sa technique. T'as les dents plus pointues que lui ou quelque chose de différent. Alors, où est-il, cet imbécile?

C'est moi qui ai été obligé de répondre. Spazz était affalé dans le fauteuil, l'air et le sourire de quelqu'un qui vient de gagner le gros lot.

— On ne sait pas où il est, ai-je dit. Il ne nous a pas dit où il allait.

— Et j'imagine que Vicky était avec lui? J'ai hoché la tête.

— Hé bien, j'étais furax quand je suis arrivée, mais après tout, c'est peut-être pour le mieux. J'espère qu'elle le rendra heureux, la petite…, dit-elle dans un éclat de rire. Désolée pour le vase. Portez-le au compte de Billy. Dites-lui que c'est un cadeau de noces de ma part. À propos, je suis Nirvana.

— Je sais, ai-je dit.

— Un autre fan, hein?

— Ouais.

— T'es assez mignon pour un élève du secondaire.

Elle me caressa le visage, et je rougis.

— Comment avez-vous passé la Sécurité? lui ai-je demandé. Et le gars dehors?

— Je suis venue ici des tas de fois. Ils me connaissent. Billy ne leur avait pas dit de m'empêcher d'entrer. De plus, j'ai ma propre clef. Tiens, tu pourras la rendre quand vous partirez. (Elle me la tendit.) Tu devrais peut-être mettre la chaînette de sécurité, ajouta-t-elle en riant. Il ne faudrait pas que d'autres copines de Billy forcent la porte. Ça pourrait être dangereux pour ton ami.

— Merci, ai-je dit. C'est une bonne idée.

Mon ami était toujours affalé dans le fauteuil.

— Vous énervez pas, dit Nirvana, en nous quittant.

— Wow! s'écria Spazz qui venait de renaître à la vie. Tu sais qui c'était, ça? Nirvana Nyx! et je l'ai embrassée! Peux-tu croire ça?

— Oui, mais apparemment que tu n'es pas à la hauteur de Billy T du point de vue de la technique. Ça vaut mieux, autrement t'aurais pu te retrouver mort.

— J'avais cru l'entendre dire que j'embrassais pas mal? dit Spazz.

— Es-tu certain? D'après moi, t'avais pas l'air trop sûr de toi.

— Qu'a-t-elle dit alors?

— Pas assez de langue. Et puis que tu devrais retirer ta gomme d'abord.

— Toi, mon...

C'était à son tour de chercher un objet à me lancer, mais avant qu'il l'ait trouvé, on frappa à la porte.

— Je vais voir qui c'est, ai-je dit. T'as rien commandé, non?

— Non. C'est peut-être Nirvana qui en veut encore. Je lui ai peut-être vraiment fait de l'effet...

— T'aimerais bien ça, hum!

Avant d'ouvrir la porte, j'ai décidé de regarder par le judas. C'était une des femmes de chambre. Elle avait le dos tourné à la porte, mais j'ai reconnu l'uniforme et la petite coiffe sur sa tête.

— Qu'est-ce que c'est? ai-je demandé.

— Un manucure pour M. Banko, répondit-elle.

— C'est une femme de chambre qui vient pour un manucure.

— Ah oui? dit Spazz en souriant. Je n'ai jamais donné de manucure à une femme de chambre, ni à personne d'autre, en fait. Est-ce qu'elle est jolie?

— C'est pour toi, le manucure, idiot! En as-tu demandé un?

— Non, mais, je ne me suis jamais fait faire les ongles de ma vie, non plus.

— M. Banko n'a pas demandé de manucure, ai-je dit à travers la porte.

— C'est avec les compliments de la maison, un des services offerts par l'hôtel à ses invités de marque.

— C'est gratuit, Spazz.

— Fais-la entrer, dit ce dernier. Toute vedette rock a besoin d'un manucure. Il ne faudrait pas que je casse des cordes de ma guitare avec mes ongles, pas vrai? Envoie, ouvre! Fais pas attendre la pauvre fille. Je sens que mes ongles allongent de minute en minute.

À force de jouer Billy T, Spazz commençait à avoir la tête enflée. Ça me fâchait de le voir me donner des ordres.

— Ouvre-la toi-même, la porte! Je suis peut-être ton gardien, mais je ne suis pas ton serviteur!

Sur quoi, je me suis dirigé vers la salle de bains d'un pas furibond.

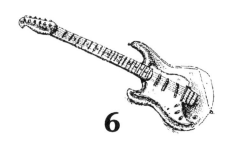

6

Je me suis vite calmé, mais j'ai pris mon temps pour revenir au salon. La femme de chambre était assise sur un tabouret devant Spazz, en train de lui couper les ongles, et lui, il lui souriait de toutes ses dents. J'allai vers la fenêtre pour revoir les filles rassemblées de l'autre côté de la rue, mais, avant d'y arriver, j'ai entendu la manucure s'exclamer de surprise.

Qu'est-ce que cet imbécile de Spazz avait encore fait? En me retournant, j'ai vu Lorraine Malone qui me regardait, on ne peut plus surprise.

À mon tour de l'être.

— Lorraine, qu'est-ce que...

Elle rougit, mais se ressaisit presque tout de suite, en me regardant, les sourcils froncés, et en secouant la tête comme pour dire: «Ne me démasque pas.»

— Euh... Lorraine, c'est le nom de ma sœur, dit-elle. Moi, je suis Suzanne.

— Ah? Tu connais la sœur de Suzanne, Kevin? fit Spazz d'une voix de fausset.

Mais il ne put bientôt se contenir et il éclata de rire.

Lorraine se leva, abasourdie.

— Désolée, monsieur Banko... Je... Un instant. Vous êtes... Êtes-vous? Que se passe-t-il, Kevin? Tu es ici et... Ce n'est pas possible... Vous avez tous les deux séché les cours aujourd'hui et... C'est toi, Spazz? Idiot! je n'ai jamais été aussi humiliée! Tu es resté assis là pendant que je te faisais les ongles, en prétendant que tu étais Billy T Banko... Idiot!

Spazz était plié en deux.

— Donnes-tu des massages également? rugit-il.

Heureusement que Nirvana Nyx avait déjà cassé le seul vase dans la place, parce que Lorraine avait l'air de vouloir casser quelque chose sur la tête de Spazz, elle aussi.

— Comment as-tu pu me faire ça, Kevin? me demanda-t-elle en se tournant vers moi d'un air furieux. C'est ton idée, cette blague? Je trouve ça ignoble. Comment peux-tu être aussi méchant avec moi?

Lorraine s'était couvert le visage de ses deux mains et j'ai bien pensé qu'elle allait se mettre à sangloter. J'ai donné un coup de coude à Spazz pour le faire taire; son fou rire diminua et cessa bientôt tout à fait quand il regarda Lorraine.

— C'est pas une blague, Lorraine, lui ai-je dit. On ne pouvait pas savoir que tu allais arriver ici habillée en bonne. Ça ne faisait pas partie de nos plans.

Spazz sentit la sollicitude dans ma voix.

— Kevin a raison, Lorraine. Tiens, aimerais-tu boire quelque chose? lui demanda-t-il en se levant. On a un bar rempli. Un cognac peut-être?

— Fais pas l'idiot, Spazz! Je suis un peu secouée, d'accord, mais pas au point de m'évanouir! (Elle venait de s'enlever les mains du visage. Elle ne pleurait pas, mais avait tout de même la larme à l'œil. Elle se força à sourire.) Un Pepsi diète, peut-être. Non, attends. Je ferais mieux de m'éclipser. C'est l'uniforme de ma sœur, elle travaille ici à temps partiel. Elle est en congé en fin de semaine et elle m'avait mentionné que Billy

T était ici. Je me suis conduite comme une idiote. Il vaut mieux que je parte.

Sur ce, elle se leva.

— C'est correct, lui ai-je répondu. Ta sœur avait raison, Billy était ici, et nous sommes bien dans sa suite. Mais il s'est absenté secrètement pour la fin de semaine et, comme il voulait que quelqu'un fasse semblant qu'il était toujours là, et que Spazz lui ressemble comme deux gouttes d'eau, il lui a confié la tâche. Spazz l'a rencontré au concert. Je regrette vraiment à propos des billets. Je ne savais pas que tu aimais Vautour Noir à ce point. Je m'en suis seulement rendu compte quand je t'ai amenée au ciné. Je le regrette vraiment.

— Ça va. Mais il faut que je parte. Je ne veux pas que ma sœur perde son emploi. Tout ça a été une idée imbécile. Je ferais mieux de retourner à la maison au plus vite pour ranger son uniforme à sa place avant qu'elle se rende compte que je lui ai emprunté!

— Pars pas tout de suite! Écoute, prends un verre. Personne ne sait que t'es ici, sauf peut-être le gars qui est à la porte. Y a-t-il quelqu'un d'autre?

— J'ai pris l'escalier de service. Il n'y avait personne à la porte quand j'ai frappé. Il devait être allé aux toilettes ou à sa pause-café.

— Excuse-moi pour tout à l'heure, Lorraine, dit Spazz. Quand je t'ai vue entrer, je n'ai pas pu me retenir. Je voulais voir si tu me reconnaîtrais, mais c'était trop dur d'essayer de ne pas rire. C'était vraiment drôle, tu sais. Mais motus et bouche cousue, c'est promis! Personne à l'école ne le saura jamais, en dehors de moi et de Kevin. (Spazz alla au bar.) Allons, ça va aller sur le compte de Billy T. Mais y a pas l'air d'avoir de Pepsi diète. Veux-tu que j'appelle le service aux chambres?

— Surtout pas! Mais d'accord, qu'as-tu à m'offrir? Un verre et je file. Mais je compte que tu tiendras ta promesse, Spazz. Et toi aussi, Kevin. Je mourrais si quelqu'un au Carrefour venait à être au courant.

— Parole de scout, dit Spazz. Mais quand je serai vieux... Quelle bonne histoire à raconter à mes petits-enfants! La fin de semaine que j'avais passée dans la suite royale du meilleur hôtel en ville avec la plus jolie soubrette de la place!

— Spaaaazz! l'avertit Lorraine. D'accord, je reste le temps d'un verre, pendant que vous m'expliquerez ce que vous faites ici et que vous me ferez faire ensuite le tour du propriétaire. Bon, Spazz, voyons ce que tu as à boire.

— Un tas d'affaires. Tiens, voici un truc appelé Parfait Amour. Ça te tente? (Spazz prit une petite bouteille d'un liquide violet, transparent.) C'est ce qu'on appelle une liqueur, je pense. C'est français. Y a aussi du 7-Up, du vin, du ginger ale, et toutes sortes d'autres choses. Viens voir.

— J'aimerais bien goûter au truc violet, là. Juste y mettre les lèvres.

— Vos désirs sont des ordres, mam'zelle! dit Spazz en imitant de son mieux l'accent français tandis qu'il versait le liquide violet dans un verre minuscule et qu'il le tendait à Lorraine. Une boisson française pour une bonne française.

— Ça suffit, Spazz! (Lorraine goûta du bout des lèvres.) Hmm, c'est plutôt sucré. Ç'a un goût de violette. Pas mauvais du tout.

Nous étions tous en train de goûter au Parfait Amour quand la porte s'ouvrit de nouveau avec fracas. J'ai sursauté, puis, me retournant pour voir ce qui se passait, j'ai retenu mon souffle. Cette fois, c'était sérieux. Les deux gars qui venaient d'entrer étaient armés et ils portaient des cagoules.

Lorraine, qui ne faisait que siroter sa liqueur, en avala du coup une grande gorgée et s'étouffa.

Le plus costaud des deux gars referma la porte d'un coup de pied et nous fit signe de nous asseoir avec son fusil.

— Qu'est-ce qui se passe? réussit à demander Spazz.

— Ta gueule! Va t'asseoir! glapit le costaud.

Spazz retourna au fauteuil. Lorraine toussait toujours et essayait de reprendre son souffle. Je l'ai aidée à aller s'asseoir sur un sofa.

— Ça va aller?

Elle me fit signe que oui et essaya de parler, mais elle se remit à tousser.

— Est-ce que ça fait aussi partie (elle toussa) de ta job, Kevin? Parce que si c'est une autre blague, je veux rien savoir!

Je m'en suis voulu de ne pas avoir mis la chaînette de sécurité sur la porte, comme Nirvana Nyx me l'avait conseillé.

— Je n'ai aucune idée de qui sont ces gars-là, Lorraine, je te jure...

— Je t'ai dit de la fermer! jappa le costaud encore une fois. Et toi, arrête de tousser, tu m'énerves.

L'autre avait l'air encore plus nerveux. Il n'arrêtait pas de pointer son fusil sur moi, puis sur Lorraine, et ensuite sur Spazz, puis il recommençait.

Lorraine toussa encore une ou deux fois, puis elle parut reprendre haleine.

— Pour qui vous prenez-vous, dit-elle, pour faire irruption comme ça? Puis, arrêtez de pointer vos armes. Elles pourraient partir, espèces d'imbéciles.

— Hé, fais pas la fraîche! grommela le costaud. Ferme-la et on te fera pas de mal.

Il alla vers Lorraine, lui prit le menton de la main gauche et lui appuya le bout carré de son petit pistolet noir sur la joue:

— Qu'est-ce que tu fais ici, de toute façon? Un p'tit scotch avec les gars? Le gérant aimerait pas trop ça, hein?

— Laissez-la tranquille, ai-je dit.

— Ah, ouais? Tu vas m'y forcer, je suppose?

Le pistolet quitta le visage de Lorraine et se posa juste sous mon nez. Je me suis tu. Je me rendais compte que ces gars-là étaient sérieux. L'arme était froide contre ma peau. Des frissons me parcouraient l'échine et le cœur me battait dans les oreilles.

— Envoye, Melvin. Glory nous a dit de nous dépêcher, a averti le plus petit. Toi, dit-il en pointant Spazz, t'es bien Billy T Banko, hein?

— Euh... non justement, répondit Spazz.

— Ben sûr que c'est lui! insista celui qu'on savait maintenant être Melvin. Qui c'est que tu veux que ça soit d'autre? Je sais pas qui est l'autre, mais on veut juste Billy, nous autres.

— Je voulais juste être sûr, dit le plus petit. On veut pas se tromper. Rappelle-toi que Glory a dit de vérifier d'après le portrait dans l'article de la revue, là.

Le dénommé Melvin sortit une page de revue de la poche de sa veste en tweed brun et la déplia.

— Relaxe, Nosh. C'est ben lui. Regarde toi-même. C'est son portrait tout craché.

Il passa la feuille au gars appelé Nosh. Après l'avoir bien examinée, celui-ci grogna son approbation.

— Qu'est-ce que vous voulez donc, vous autres? ai-je demandé.

— Juste ton copain, ici. On va l'emmener faire une petite balade. S'il coopère, il ne lui arrivera rien. On va juste le garder un peu. Jusqu'à ce que son agent nous offre un peu de *cash*. Ensuite, on le laissera aller.

— Vous voulez dire que vous allez le kidnapper? souffla Lorraine.

— Exactement. T'es une bonne maligne.

— Je ne suis pas une bonne. Et lui, il n'est pas Billy T Banko!

— Elle a raison, ai-je ajouté. On n'est tous les trois que des élèves du secondaire. On va à la même école.

Melvin s'était mis à rire.

— Pas mal trouvé! «On n'est que des élèves du secondaire. On va à la même école», qu'il dit, en imitant ma voix. C'est ben trouvé, tu trouves pas, Nosh? Dis donc, si jamais on frappait le gros lot, on pourrait rester dans une place comme ici. (Il se tourna vers nous, agita son pistolet et grogna.) Tu nous prends vraiment pour des caves! Je suppose que tu vas nous dire que c'est un hôtel à vingt piastres la nuit et que le Ritz loue tout le temps des chambres à des écoliers comme vous par bonté de cœur? Sans mentionner la bonne, fournie pour votre amusement.

— Je ne suis pas une bonne, et on ne s'amusait pas, sale cochon! s'indigna Lorraine, en rougissant.

— T'es juste une petite écolière, hein? se moqua Melvin.

— Melvin, qu'est-ce qu'on va faire de la fille et de l'autre gars? demanda Nosh.

— On va les descendre par l'escalier d'en arrière jusqu'au stationnement et, arrivés à l'auto, on laissera aller la petite poule et son ami. On ne s'attendait pas à avoir à prendre des prisonniers, mais c'est seulement pour un bout de temps. Parlant de prisonniers, tu ferais mieux de vérifier les autres pièces, Nosh.

Quelques instants plus tard, Nosh était de retour.

— Personne d'autre, Melvin.

— Je ne suis vraiment pas Billy T Banko, dit Spazz. Vous faites une grosse erreur!

— Ôte ta perruque, Spazz, ai-je dit. Montre-leur.

— Pas d'entourloupettes, là! dit Melvin en pointant son pistolet sur Spazz.

Spazz enleva lentement sa perruque:

— Vous voyez?

— Pis après? dit Melvin. Billy T Banko porte une perruque, et alors?

— Je m'appelle Bobby Spezzactena, pas Billy T Banko. Je lui ressemble, c'est tout.

— On perd du temps. Vous trois là, vous allez vous lever tranquillement et vous allez marcher jusqu'à la porte. Nosh et moi, on va être juste derrière vous.

— Il ne ressemble plus à Billy T Banko, Melvin, dit Nosh, en examinant la photo encore une fois. T'es sûr que c'est lui, au moins? Il faudrait pas se tromper. Glory serait pas contente!

— Fais pas l'épais. Ben sûr que c'est Billy T Banko! Y a ben des vedettes rock qui portent des perruques. Donne-moi l'article, là. Je vais te prouver que c'est ben lui.

— Ton portefeuille, Spazz! Montre-lui de quoi t'identifier.

— J'ai rien sur moi. Je ne pensais pas en avoir besoin.

— Alors montre-lui la carte, celle que Billy T t'a donnée.

— C'est Billy qui l'a. Je l'ai laissée dans ma veste.

J'ai émis un gémissement.

Nosh avait passé la page de la revue à Melvin, qui était en train de l'étudier.

— Tiens, dit-il en pointant l'article du doigt. Voilà la preuve qu'il nous faut. Ça dit que: «Le chef de Vautour Noir, Billy T Banko, a un petit vautour noir tatoué sur le bras droit.» O.K., retrousse ta manche, là, toi.

On s'est regardés, Lorraine et moi, puis on a poussé un soupir de soulagement.

— L'autre manche, imbécile! précisa Melvin.

On a regardé Spazz, mais il n'a fait que retrousser sa manche. J'ai failli tomber raide mort et Lorraine aussi. Spazz avait une tête de vautour noir tatouée sur le bras droit!

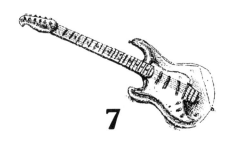

7

Spazz haussa les épaules comme pour s'excuser alors que Lorraine et moi avions les yeux rivés sur son tatouage.

— O.K., Nosh, dit Melvin. On a la preuve asteur. Es-tu satisfait? Y a pas de doute que c'est ben Billy T Banko.

Je me suis finalement assez remis du choc pour pouvoir demander à Spazz quand il s'était fait tatouer, et pourquoi. Ils n'allaient jamais nous croire après ça.

— Désolé, les amis. J'ai fait faire ça tout de suite après que Billy T m'a engagé. Je me suis dit que, si j'allais le personnifier, je devais avoir l'air aussi authentique que possible.

Lorraine gémit:

— C'était pas très brillant. Tu nous as vraiment mis dans le pétrin à présent! Mais j'y pense: est-ce qu'il ne faut pas avoir dix-huit ans pour pouvoir se faire tatouer?

— J'ai menti. Désolé. Le gars dans la boutique de tatouage avait l'air de s'en ficher comme de sa dernière chemise. Auriez-vous d'autres idées?

— Tu devrais peut-être laisser le gars t'embrasser. Comme avec Nirvana Nyx, ai-je rétorqué d'un ton méprisant.

— O.K., assez jasé, dit Melvin. Nosh, va jeter un coup d'œil dehors pour voir si la voie est libre. Vous autres, levez-vous et marchez lentement.

— Y a pas un chat, Melvin, chuchota Nosh de la porte.

Je me suis demandé ce qui était arrivé au gars habituellement posté en dehors de la suite. Lorraine nous avait dit qu'il n'était pas là à son arrivée. Mais s'il était juste allé prendre un café, il mettait pas mal de temps à revenir.

Nosh tint la porte ouverte pendant que Melvin nous faisait sortir dans le couloir.

— Marchez lentement, répéta Melvin en pointant son arme devant lui.

Nosh referma la porte et se dépêcha d'aller se mettre devant nous.

Je pris la tête du groupe, suivi de Lorraine, puis de Melvin qui fermait la marche, son pistolet braqué dans le dos de Spazz.

Nosh ouvrit la porte donnant sur l'escalier et je l'entendis retenir son souffle. Il y avait un vacarme quelconque en bas et j'ai pu jeter un coup d'œil par-dessus son épaule. Le gars qui avait surveillé notre chambre et un autre, habillé comme lui, étaient en train d'essayer de retenir une horde de filles qui criaient à qui mieux mieux. L'escalier en débordait. Elles se mirent à scander: «On veut voir Billy! On veut voir Billy!»

— Qu'est-ce qui se passe? marmonna Melvin. Il s'avança pour voir et Lorraine en profita pour tenter de le dépasser en criant «Au secours!» du haut de l'escalier. Je ne pense pas que quelqu'un aurait pu l'entendre – les filles faisaient un tel charivari – mais Melvin lui mit la main sur la bouche et la ramena à lui assez brutalement avant de claquer la porte.

Il nous fit ensuite signe avec son pistolet.

— Tout le monde de retour à la suite.

— Qu'est-ce qu'on va faire à présent? demanda Nosh alors qu'ils nous poussaient dans le couloir en sens inverse.

— Ta gueule, Nosh. J'ai besoin de réfléchir. Ouvre la porte! Envoye, ouvre-la! Qui est-ce qui a la clef?

On s'est tous regardés et j'ai vu Nosh hausser les épaules.

— Plus vite que ça, j'attends! grogna Melvin. Niaisez pas avec moi. Ouvrez la porte. Qui a la clef?

— Je l'ai laissée dans la chambre, admit Spazz.

— Fouille-les, Nosh, ordonna Melvin.

Le tapage augmenta dans l'escalier.

— Laisse faire. Reculez! Nosh, surveille-les.

Nosh nous menaçait de son pistolet pendant que Melvin donnait un bon coup de pied dans la porte. Je me suis demandé si on serait obligés de payer la porte et le vase que Nirvana avait brisé. Au troisième coup de pied, Melvin enfonça la porte et on nous poussa rapidement à l'intérieur.

— Tout le monde assis! ordonna Melvin, il faut que je réfléchisse. Pas toi, Nosh, espèce d'idiot! Garde ton pistolet braqué sur eux!

On s'assit aux mêmes places qu'on avait avant, pendant que Melvin marchait de long en large, en marmonnant.

— On n'a que deux choix, a-t-il dit en cessant de marcher. Pas question de prendre les escaliers. Il nous reste l'ascenseur, mais il faudrait sortir par le grand hall, ou bien on peut se terrer ici jusqu'à ce qu'ils aient libéré les escaliers. C'est qui ces filles-là, de toute façon? Es-tu au courant? demanda-t-il à Spazz.

— C'est des fans de Vautour Noir, a répondu Spazz. Elles pensent que Billy T est ici.

— Elles ont raison. Tout le monde et son chien veulent faire partie du numéro. Il va falloir que j'en parle à Glory. Elle va savoir quoi faire. (Il tira un téléphome portable de sa poche de veston.) Glory, Glory, réponds!

On entendit l'appareil couiner et puis une petite voix métallique. Melvin le tint collé à son oreille et se mit ensuite à parler à cent à l'heure, expliquant à cette Glory que les escaliers arrière étaient bloqués. La voix métallique parut augmenter de volume car Melvin fit la grimace.

— O.K., dit-il enfin, on va faire comme tu veux. On va essayer.

Il ferma son téléphone et le remit dans sa poche.

— Glory dit qu'il faut qu'on sorte par le hall d'entrée, annonça-t-il. Y a un autre groupe de filles en train de se rassembler dans la rue. Glory dit que si on sort pas à présent, il va être trop tard. Elle pense que l'hôtel a probablement déjà appelé la police pour qu'elle aide les gardiens à contrôler les filles, que ça va bientôt grouiller de flics et qu'ils vont venir vérifier si Billy est O.K. Alors Nosh, voici ce qu'on va faire: on va tous descendre dans l'ascenseur, en se tassant ben serrés, comme si on était les gardes du corps de Billy et qu'on essayait de le faire sortir de l'hôtel.

— En agitant des pistolets et en portant des cagoules! dit Lorraine en ricanant.

— La ferme! s'écria Melvin. On va garder nos pistolets dans nos poches, mais ils vont quand même tout le temps être pointés sur vous! Un geste de travers et vous êtes morts! Glory dit qu'il va falloir qu'on enlève nos cagoules, qu'on ne peut pas faire autrement. On sera partis depuis longtemps avec l'ami Billy avant qu'ils se rendront compte de ce qui se passe. Glory va nous attendre dehors avec l'auto. O.K. les gars, mettez vos vestes. On veut que ça ait l'air naturel. Il fait pas chaud, et ça aurait l'air drôle si vous sortiez seulement en chemise et en pantalon. Pis toi, ajouta-t-il en pointant son arme vers Spazz, autant remettre ta perruque. S'ils pensent qu'on veut aller te mettre à l'abri de toutes ces folles-là, ce sera tant mieux pour nous.

Spazz et moi, on a pris nos vestons, qu'on avait laissés sur le dossier du canapé tout à l'heure, et on les a mis. Ensuite,

Spazz s'est plaqué la perruque sur la tête. Melvin est venu la remettre à l'endroit, car il avait fait exprès de la mettre sens devant derrière.

— Laissez Lorraine ici, que j'ai dit. Vous avez pas besoin d'elle.

— Elle va venir à la porte d'entrée avec nous autres. Ça va paraître encore plus naturel si une bonne de l'hôtel traverse le hall avec nous. O.K., Nosh, enlève ton masque.

— O.K. Melvin.

Nosh retira sa cagoule en même temps que Melvin. C'était un brun qui avait les yeux foncés exorbités et les oreilles décollées. Il nous a souri d'un air embarrassé. Melvin, lui, avait les cheveux coupés en brosse, un gros nez, et une dent lui manquait en avant. Il avait l'air d'un videur de boîte de nuit, mais je me suis dit qu'il pourrait sans doute passer pour un garde du corps. Il avait l'air assez costaud et féroce pour ça.

— Fourre ton masque dans ta poche, Nosh. On veut pas laisser de traces. Pis ton pistolet aussi. O.K. Toi, la bonne, tu marches en tête. Nosh après toi, pis ensuite les deux gars. Non, tassez-vous ensemble, ben collés. C'est en plein ça. Tenez-vous les uns les autres. Toi Nosh, lâche pas la bonne! O.K. On va essayer de sortir d'ici.

On devait avoir l'air d'un crabe géant ou bien d'une équipe de football en caucus tandis qu'on avançait en traînant les pieds. C'était difficile de marcher droit en se tenant serrés comme ça. Je me disais lugubrement que ça pourrait peut-être fonctionner. N'importe qui aurait pu penser, en nous voyant franchir le hall d'entrée, qu'il s'agissait de gardiens de sécurité entourant un personnage important, marchant derrière une bonne de l'hôtel.

On se dirigeait vers l'ascenseur et le tintamarre venant de l'escalier n'avait pas diminué. J'espérais que l'ascenseur mettrait du temps à arriver et qu'une fois là il serait plein de policiers. Il arriva, bien entendu, tout de suite, et vide. On y est entrés, toujours collés les uns aux autres et, une fois là, Melvin nous a réarrangés autrement, sinon on serait sortis dans le hall en marche arrière.

On surveillait les numéros des étages à mesure que l'ascenseur descendait. J'espérais qu'il s'arrêterait souvent pour laisser entrer des tas de gens, de façon à pouvoir glisser à l'oreille d'un d'entre eux «qu'on nous kidnappait». On pourrait peut-être même appeler au secours.

Melvin tirerait-il pour nous faire taire? Dans ce cas, est-ce que la Sécurité les arrêterait, lui et Nosh, à leur sortie dans le hall? Je n'ai pas eu la chance de voir, parce que l'ascenseur n'a stoppé à aucun étage!

Au moment où le RC pour «Rez-de-chaussée» s'allumait, Melvin nous avertit:

— Attention, là, vous autres. Restez ben serrés. Pas un mot à personne. Marchez droit devant vous jusqu'à la sortie et tout se passera bien.

Les portes s'ouvrirent en sifflant légèrement.

— Attention, là! grommela Melvin. Pas de folies!

Le groupe déboucha dans le hall comme un seul homme. On marcha sur le tapis moelleux vers les portes d'entrée. J'ai regardé autour de moi. Tout paraissait normal. Personne ne nous remarquait. Où étaient les gars de la Sécurité de Stanley dans leurs costumes des *Mille et Une Nuits*? Je n'en voyais pas un. Se battaient-ils toujours avec les filles dans les escaliers? Et où était passé le maître d'hôtel? Il nous avait arrêtés, Spazz et moi, à notre arrivée à l'hôtel. Pourquoi ne faisait-il pas son travail en nous arrêtant à la sortie?

Je n'arrivais pas à le croire. On nous ignorait complètement. Les gens s'enregistraient à la réception ou s'en allaient. Les porteurs mettaient des bagages sur des chariots. Les clients de l'hôtel traversaient le hall comme si on avait été invisibles. Ils avaient tous l'air perdu dans leurs pensées. Personne ne remarquait qu'un enlèvement majeur se déroulait sous leurs yeux.

Le stupide orchestre jouait toujours et, aux tables, les clients continuaient de boire leur vin et de s'empiffrer.

On avait presque dépassé la dernière table, quand une fille a soudain sauté devant nous:

— Lorraine, qu'est-ce que tu fais ici? Quel choc! Je comprends que tu peux avoir besoin d'argent, mais faire la bonne!

C'était Debbie Dobrazynski. Le groupe s'était figé sur place.

— Je fête mes seize ans, poursuivait Debbie. Mon père m'a invitée à dîner avec quelques amis. Pourquoi fais-tu la grimace, Lorraine? Kevin? (Elle venait de m'apercevoir.) Qu'est-ce que tu fais ici, toi? S'agit-il d'une initiation ou quoi? Non, ce n'est pas possible, on a subi ça l'année dernière. C'est un truc costumé, non?

— C'est qui c'te folle-là? a marmonné Melvin. Avancez, tout le monde!

Personne n'a bougé. Nosh avait l'air perplexe et faisait un sourire niaiseux, pendant que Debbie continuait:

— Qui d'autre est ici? (Examinant le groupe de plus près, elle venait d'apercevoir Spazz. Ça c'est qui? Il ressemble à... quel est donc son nom? Tu sais bien, Lorraine. Spazz? Vraiment! Tu te fiches de moi! Je pensais que c'était... quelle bonne blague!

J'ai supposé que Lorraine avait dû la renseigner. Mais entre-temps, Melvin perdait patience.

— Je vous ai dit d'avancer! ordonna-t-il entre ses dents.

Il me poussa et tout le groupe fut projeté en avant, Nosh et Lorraine trébuchant sur Debbie.

— Quelles manières! s'indigna celle-ci en se retrouvant soudain au milieu du groupe propulsé vers la sortie. Mais qu'est-ce qui se passe? Qui pousse comme ça?

Elle émit alors un petit cri comme Melvin lui attrapait le bras et lui braquait aussi sans doute son pistolet dans le dos. Elle se tut, pâlit, et je l'ai sentie s'appuyer contre moi. Je pensais bien qu'elle allait s'évanouir, mais elle est restée debout en continuant de marcher. Elle n'avait pas le choix, coincée comme elle l'était au milieu du groupe.

Brusquement, on s'est retrouvés à la porte et je n'en croyais pas mes yeux: le portier la tenait ouverte pour nous! De plus, dès que nous avons été dehors, il s'est précipité au bas des marches pour nous aider à traverser le groupe des filles hurlantes. J'ai alors vu où se trouvaient les autres gars des *Mille et Une Nuits*. Ils faisaient de leur mieux pour retenir les filles et les empêcher de monter.

Apercevant Spazz, elles se jetèrent sur lui en criant: «Le voilà! Oh! Billy, je t'aime!» et autres déclarations que je n'ai pu comprendre. C'était la Spazzizanie totale.

Le portier joua des coudes pour nous faire franchir un autre groupe de filles hystériques et on arriva au trottoir. Une limousine arrivait justement. Le portier s'apprêtait déjà à nous ouvrir la portière quand une vieille Ford verte à quatre portes stoppa devant la limo, tous pneus grinçants.

Le chauffeur se pencha et ouvrit la portière côté passager. «Voilà c'est notre chance de nous sauver», ai-je pensé, Lorraine tout au moins. Mais Debbie choisit ce moment-là pour tomber dans les pommes. Avant que j'aie pu m'en rendre compte, Melvin avait poussé Lorraine et Nosh sur la banquette avant et claqué la portière. Le portier, voyant que nous n'allions pas prendre la limousine, et pensant sans doute que le tacot n'était là que pour déjouer les admiratrices pouvant se trouver dans la rue, ouvrit la portière d'un grand geste et nous aida à y monter. J'étais coincé contre la portière côté rue, et Spazz vint s'effondrer sur moi. Avant que j'aie pu reprendre haleine, Melvin était monté à son tour. D'après la bosse que faisait sa poche, je savais que le pistolet de Melvin était pointé sur nous, Spazz et moi, mais Melvin se débattait pour se libérer de Debbie. Bien qu'elle ait perdu connaissance, elle avait l'air de s'agripper à lui. Sa moitié supérieure était sur ses genoux, dans l'auto, et le reste était étendu sur le trottoir.

Melvin essayait de se débarrasser d'elle, mais l'imbécile de portier, voulant l'aider, poussa le reste de Debbie dans l'auto, par-dessus nous. La portière claqua et le chauffeur, une blonde aux cheveux coupés à la garçonne, appuya à fond sur l'accélérateur. Comme nous démarrions sur les chapeaux de roue, j'ai entendu les sirènes de la police qui approchaient de l'hôtel. Stanley et son équipe avaient dû appeler des renforts. Où étaient donc les policiers quand nous avions besoin d'eux? J'aperçus alors un agent qui se tenait au milieu de la rue au croisement suivant: les feux de circulation étaient au rouge pour nous.

«Sauvés!» ai-je pensé. Mais l'instant d'après je n'en croyais pas mes yeux! L'agent leva la main, arrêta la circulation venant vers nous et nous fit signe de franchir l'intersection!

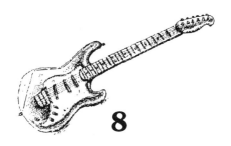

8

— **N**e pouvez-vous jamais rien faire de bien, vous deux? Est-ce que je dois toujours tout faire moi-même?

Glory fit une embardée pour dépasser un camion. J'ai vu, quand elle a regardé dans le rétroviseur, qu'elle avait des yeux étonnamment bleus et qu'elle devait être âgée d'environ vingt-cinq ans.

— Je vous demande d'amener un gars, et vous arrivez avec la moitié du Ritz.

— On a juste amené une bonne, a protesté Melvin. Il le fallait. On s'en est servi pour traverser le hall.

— Je-ne-suis-pas-une-bonne! marmonna
Lorraine en serrant les dents.

— Et les deux autres alors? a insisté
Glory. Combien pensez-vous qu'il y a de
Billy T Banko? Vous avez voulu en apporter
toute une collection pour que je puisse choi-
sir? Et la fille couchée sur toi, là, qu'est-ce
qu'elle a? (Glory lâcha un juron en faisant
une autre embardée, pour éviter un cycliste
cette fois.) Je vous avais dit d'éviter la vio-
lence.

— Elle a perdu connaissance, dit Melvin.

— C'est le jour de sa fête, Glory, ajouta
Nosh.

— On peut abandonner la bonne et les
deux autres au prochain coin de rue.

— Je ne suis pas une bonne! hurla
Lorraine. Et personne ici n'est Billy T
Banko.

— Qu'est-ce qu'elle a à gueuler, celle-là?
jappa Glory. C'est bien le bon gars, là, en
arrière? Celui avec les cheveux noirs? Si
vous vous êtes encore gourés, Nosh et toi,
Melvin, je vais...

— C'est le bon gars, répondit Melvin.
Mais écoute, arrête au prochain coin pour
qu'on se débarrasse des autres.

— Es-tu fou? Y a des policiers partout.
Tiens, regarde, en v'là un autre qui nous fait
signe de franchir l'intersection. Je sais pas

ce qui se passe, mais c'est complètement dingue! La police nous aide!

Glory remercia l'agent d'un salut de la main en passant.

— L'hôtel a dû avertir la police que Billy T était parti dans cette voiture. Ils ne savent pas qu'on l'a enlevé. Ils doivent penser qu'on l'emmène seulement pour qu'il échappe à ces folles-là. Les policiers ont dû avertir les autres de nous laisser passer par radio. En voici un autre. Saluons-le tous de la main!

Glory, Nosh, Lorraine et moi, on a tous salué le policier et il nous a retourné notre salut. Le seul ennui, c'est qu'il ne savait pas faire la différence entre un salut qui était un appel au secours – celui de Lorraine et le mien – et des saluts de remerciements – ceux de Glory et de Nosh. Spazz n'avait pas salué. Ou bien il était encore un peu ébahi ou bien il avait les bras coincés sous le corps inerte de Debbie. Melvin non plus n'avait pas salué. D'une main, il tenait toujours le pistolet dans sa poche et, de l'autre, il couvrait le visage de Debbie afin que le policier ne la remarque pas s'il regardait dans l'auto comme nous filions.

— Il va falloir garder tout le monde, dit Glory. Si on en laisse partir, ils vont tout de suite nous démasquer. Ils auront rien qu'à dire ce qui se passe au premier policier venu et on sera cuits. Les poulets ont la description de notre auto, c'est clair.

— Vous faites une grosse erreur, que je lui dis.

— La ferme! m'ordonna Melvin. Recommence pas, là!

— Il a raison, Glory, insista Lorraine. Le type en arrière, c'est Bobby Spezzactena et pas Billy T Banko. Il est rien qu'un élève du secondaire. Comme nous tous. Melvin et Nosh se sont vraiment mis le doigt dans l'œil. Je vous jure!

— Bien essayé, mais je ne marche pas, répliqua Glory. Depuis quand est-ce que les poulets arrêtent le trafic pour laisser passer une bande d'élèves du secondaire, dans une vieille Ford à moitié démolie?

Debbie s'était mise à bouger et il était clair qu'elle n'était pas trop contente d'avoir la main de Melvin sur le visage. Puis, tout d'un coup, Melvin lâcha un hurlement. Heureusement qu'on avait quitté le centre-ville, parce que le cri de Melvin avait surpris Glory et que l'auto avait failli faire un tête-à-queue.

— Qu'est-ce qui se passe derrière? a-t-elle hurlé, tout en reprenant le contrôle de l'auto. Voulez-vous qu'on se fasse tous tuer?

— Elle m'a mordu, la petite vlimeuse! dit Melvin, en se massant la main.

— Étends-les tous par terre. Je ne peux pas me concentrer sur ce que je fais. Ils n'ont pas besoin de savoir où on s'en va. On leur bandera les yeux dès qu'on pourra se ranger sur le bord de la route. Mais on va avoir besoin de plus de bandeaux. Je ne m'attendais pas à ce qu'il y en ait quatre. Étends-les tous par terre!

Melvin repoussa Debbie – toujours affalée sur ses genoux – sur le plancher de l'auto, juste à nos pieds. Elle cria:

— Qu'est-ce qui se passe?

Il tira ensuite le pistolet de sa poche et nous fit signe, à Spazz et à moi, de nous asseoir par terre. On s'est accroupis derrière la banquette avant et on a aidé Debbie à s'asseoir. On était pas mal serrés à trois, car les grands pieds et les grosses jambes de Melvin prenaient toute la place. J'ai entendu protester Lorraine en avant et Glory dire:

— Assieds-toi dessus, s'il le faut!

Debbie était à présent presque complètement réveillée.

— Qu'est-ce qui se passe? a-t-elle demandé. Mon père va m'en vouloir d'avoir abandonné mon party. Et mes amis vont me trouver très mal élevée. Où est Lorraine? J'allais justement lui demander de faire partie de mon club d'étudiantes, mais plus maintenant!

Elle continua de jacasser comme si elle délirait. J'ai pensé que c'était probablement dû au choc.

— De toute façon, poursuivait-elle, je ne pense pas que les autres filles auraient voté en sa faveur, étant donné que c'est une bonne dans un hôtel. Il nous faut respecter certaines normes.

— Mille mercis, Debbie!

C'était Lorraine. Sa voix avait l'air de venir d'en dessous de la banquette, alors j'ai pensé qu'elle devait être par terre, elle aussi.

— Malgré le fait que je ne sois pas une bonne, je ne me joindrais pour rien au monde à ton club de snobinettes. Plus maintenant, en tout cas.

— Lorraine, c'est toi? demanda Debbie qui paraissait être complètement revenue à elle. Qu'est-ce qu'on fait par terre, dans cette bagnole dégueulasse? Je suis en train de salir ma robe neuve.

Elle se débattait pour arriver à se relever, mais Melvin lui mit le pied dessus. Elle remarqua alors qu'il avait son pistolet pointé sur elle. Elle en eut le souffle coupé, et j'ai eu peur qu'elle tombe de nouveau dans les pommes.

— C'est sérieux, Spazz? C'est bien Spazz, hein?

Spazz hocha la tête.

— Oui, c'est sérieux. Ils se sont trompés. Ils pensent que je suis Billy T Banko, tu sais, de Vautour Noir.

— C'est à lui que tu ressembles! J'arrivais pas à le placer. Mais tu ne leur as pas dit?

Spazz hocha de nouveau la tête.

— Alors, dis-leur encore! Écoute, espèce de tordu, je connais ce gars-là, c'est Bobby Spezzactena. Il va à mon école. Il s'habille toujours drôlement. Et l'autre, c'est Kevin Ashworth. Et j'imagine que Lorraine Malone est sur la banquette avant. Désolée de ce que j'ai dit, Lorraine. Je ne sais pas trop de quoi je parlais.

— Oublie ça, ai-je entendu Lorraine murmurer. Te fatigue pas.

— Bon, poursuivit Debbie à l'intention de Melvin, maintenant vous savez tout. Ça ne vous ennuierait pas d'enlever votre sale soulier de sur moi et de nous laisser descendre de voiture. Vous m'entendez? (Debbie, ne voyant pas venir de réponse, haussa la voix.) Laissez-nous descendre!

Melvin n'aimait pas trop se faire crier après par Debbie. Il appuya son pied un peu plus fort.

— Aïe, vous me faites mal! Ôtez votre pied!

— Tiens-toi tranquille, d'abord! grommela Melvin d'un ton hargneux, mais il relâcha tout de même la pression sur sa jambe.

— Ça ne sert à rien, Debbie, ai-je dit. On a tout fait pour les persuader que Spazz était juste Spazz, mais ils ne veulent rien savoir. Ils sont sûrs qu'il est Billy T Banko.

— Qu'est-ce qu'ils peuvent être idiots! Bien sûr que c'est Spazz! Tout le monde sait que c'est Spazz! hurla Debbie.

— Du calme, en arrière! ordonna Glory. Je vais m'arrêter sur le terre-plein. S'ils gueulent, il faudra les bâillonner. Celle en arrière surtout. Elle me tape sur les nerfs. Dis-lui, Melvin, que si elle ne se tait pas, elle va voyager dans le coffre.

Debbie eut un haut-le-cœur, mais elle se tut. J'ai senti l'auto ralentir, puis s'arrêter.

— O.K., a dit Glory, vous tous, là, derrière, restez où vous êtes! Garde-les là, Melvin. À présent, Nosh, donne-moi ton pistolet. Bon, maintenant, dans la boîte à gants, tu vas trouver deux bandes de tissu. C'est ça, bande d'abord les yeux de la bonne.

— Je sais que j'ai l'air d'une bonne, mais je n'en suis pas une... Je ne suis que Lorraine Malone, une élève du secondaire. (Lorraine paraissait exaspérée.)

— Ouais! Et moi, je suis le Petit Chaperon rouge! se moqua Glory. Ferme-la, veux-tu? Attache-lui ça serré, Nosh. C'est ça. Tiens, Nosh, reprends ton arme. Melvin, donne-moi la tienne, je vais les couvrir, moi. On va avoir besoin de deux autres bandes de tissu pour les deux autres. Qu'est-ce que porte la bavarde, là? Un jupon? (Glory descendit de l'auto et alla ouvrir la portière arrière, de l'autre côté.)

— Vous n'allez pas m'ôter mon jupon! protesta Debbie.

— Laisse-la sortir, Melvin! Elle ne pourra pas enlever son jupon, assise par terre, dit Glory.

Debbie continua de protester tandis que Melvin la poussait hors de l'auto tout en la suivant.

— C'est un jupon tout neuf! (Debbie était sortie de l'auto à présent, mais je ne pouvais pas la voir. J'ai entendu du tissu se déchirer.) Sorcière, s'exclama Debbie.

— Ta gueule! ordonna Glory. Ou ben tu vas te faire fourrer le reste du linge dans la gueule.

Les yeux bandés, Debbie s'est fait repousser dans l'auto, à côté de nous; ensuite Melvin, allongeant les bras, nous a bandé les yeux, à Spazz et à moi. C'était apeurant de ne pas pouvoir voir, et Melvin avait vraiment serré le bandeau très fort. Ça me tirait les cheveux derrière la tête.

— O.K., dit Glory, il faut qu'on parte. Fais-les rester sur le plancher, Melvin. Pis, écoutez-moi, là, vous quatre. Si vous essayez d'ôter vos bandeaux, Melvin ou Nosh vont vous assommer avec leurs pistolets.

Glory démarra, et j'ai été poussé contre Debbie. Ça faisait drôle de se balloter sans savoir où on se trouvait, en entendant seulement le bruit du moteur.

— Melvin, dit Glory, une fois qu'on aura débarqué notre cargaison et qu'on les aura bien enfermés, il va falloir que tu te débarrasses de l'auto. Y a trop de flics qui la connaissent, et une fois qu'ils se rendront compte de ce qui s'est passé, ils vont se mettre à la chercher.

On a roulé en silence pendant environ une demi-heure, je dirais, chacun de nous perdu dans ses pensées. C'était bizarre, j'aurais dû envisager toutes sortes de plans d'évasion, mais je n'arrivais à penser à rien d'autre qu'à Debbie. Je sentais son parfum. Je me trouvais couché aux côtés de la fille de mes rêves, les yeux bandés avec un morceau de son jupon parfumé. C'est bizarre les fantasmes qui vous passent par la tête quand on est kidnappé, mais c'est vrai que c'était la première fois.

L'auto s'arrêta d'un coup sec. J'ai senti de l'air frais sur mon visage comme on ouvrait les portières. Quelqu'un m'a tiré par le bras. J'avais des fourmis dans un pied, et quand j'ai essayé de marcher, c'était comme si j'avais eu un gros ressort attaché à la plante de ce pied-là. Ce n'était pas facile de marcher les yeux bandés, non plus. J'étais à peu près sûr que c'était Melvin qui me tenait le bras. Je m'étais habitué à l'odeur de sa sueur dans l'auto. J'entendais d'autres pas sur le gravier, non loin de moi. J'en ai donc conclu qu'on emmenait aussi les autres.

Une porte a grincé puis a claqué derrière moi. Melvin m'agrippait toujours le bras. Sous mes pieds, la surface paraissait différente, elle était plus lisse, et il y avait une odeur de renfermé qui n'appartenait pas à Melvin.

J'ai entendu comme un glissement, puis un bruit de choc et ensuite j'ai été poussé en avant. Un autre glissement, un autre bruit de choc et puis, tout à coup, je me suis senti monter en flèche. Je me suis rendu compte que j'étais dans un ascenseur, d'autant plus que j'entendais le vrombissement d'un moteur. On s'est arrêtés d'un coup sec, après avoir monté je ne sais combien d'étages. Encore ce bruit de glissement, puis ce bruit d'entrechoc, que j'ai associé à la porte de l'ascenseur. J'ai de nouveau été poussé en avant, en trébuchant et en tombant sur quelqu'un d'autre.

J'ai avancé les mains pour me protéger, et je me suis alors retrouvé sur ce qui m'a semblé être un plancher. La porte de l'ascenseur s'est alors refermée avec fracas et on a entendu de nouveau le bruit du moteur. J'ai attendu un instant. Il m'a semblé entendre respirer.

— Y a-t-il quelqu'un? ai-je demandé.

— Moi. (C'était la voix de Lorraine.)

— Moi aussi, ont dit ensemble Spazz et Debbie.

— Je pense qu'ils sont partis, a dit Lorraine. J'enlève mon bandeau, ajouta-t-elle plus fort, O.K.?

Personne ne lui a répondu. J'ai ensuite ôté le mien. Spazz et Debbie avaient déjà fait de même.

On était étendus par terre dans une grande pièce vide. Le plancher était rugueux, poussiéreux, taché d'huile et de peinture. Au haut d'un des murs, il y avait une rangée de petites fenêtres munies de barreaux, et j'ai pu voir qu'il faisait presque nuit. Près de nous se trouvait une cage de monte-charge ouverte. Je rampai jusqu'à l'ouverture, et je regardai à l'intérieur. Le monte-charge était tout en bas, à au moins cinq étages de distance, d'après ce que je pouvais voir.

— Où sommes-nous? demanda Lorraine.

— Je pense qu'il s'agit d'un vieil entrepôt, ai-je dit.

— Y a une porte ici, ajouta Spazz, mais
elle est verrouillée.

Je le rejoignis, et on essaya tous les deux
de l'enfoncer, mais sans succès.

— Elle doit avoir des planches clouées
en travers, de l'autre côté, ai-je supposé.

Dehors, on a entendu démarrer une
auto. Lorraine et Spazz ont couru vers les
fenêtres. Mais Spazz eut beau soulever
Lorraine, les fenêtres étaient trop hautes
pour qu'elle puisse voir.

— Comme seizième anniversaire, on
fait mieux! soupira Debbie.

— Bonne fête! dit Lorraine, d'un ton
méprisant.

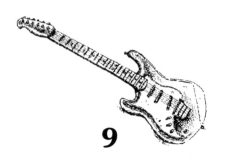

9

Il allait bientôt faire nuit. Deux abat-jour jaunis, sans ampoules, pendaient du plafond. Avant qu'il fasse noir, on s'est couchés tous les quatre à plat ventre au bord de la cage du monte-charge, pour regarder en bas. On ne voyait pas grand-chose. Mais à trois endroits différents, des raies de lumière étaient visibles sur les parois. Au-dessus de nos têtes, il y avait seulement le toit de la cage.

— Je pense qu'on est au cinquième étage de la bâtisse, ai-je dit. La pièce occupe tout le cinquième. La lumière provient des quatrième, troisième et deuxième étages. Le monte-charge doit être au rez-de-chaussée et il y bloque la lumière. On voit juste le dessus.

— Ça fait peur! Vous vous rendez compte, si on était tombés là-dedans quand on avait les yeux bandés? J'espère que personne d'entre nous n'est somnambule!

— Pas possible de descendre en petit singe! Au fait, comment ça se fait qu'il n'y ait pas de câbles nulle part? Qu'est-ce qui le fait monter et descendre?

— C'est un système hydraulique, probablement, dit Spazz. C'est le même principe qu'un treuil dans une station-service, qui se fait pousser par en dessous. Y en a un comme ça dans l'immeuble à appartements de ma tante, à New York. Le prochain étage est à quelle distance, d'après toi?

— Il est au moins à six mètres, ai-je répondu. On verra mieux quand il fera jour. Éloignons-nous d'ici. Ce n'est pas le temps d'avoir un accident.

On a reculé, puis on s'est assis sous les fenêtres, dos au mur, et on s'est mis à parler. Debbie voulait savoir, en détail, tout ce qui nous était arrivé. Elle disait qu'une fois qu'elle serait au courant de tout, comme nous, on pourrait peut-être trouver, tous ensemble, la solution pour s'en sortir.

C'est surtout moi qui ai parlé, et Lorraine rajoutait des détails ici et là. Spazz se taisait. Je pense qu'il était trop embarrassé par tout ce qui était arrivé. J'ai même mentionné Nirvana Nyx, mais sans dire comment elle s'était rendu compte que Spazz n'était pas Billy T.

Quand on a eu fini de raconter notre aventure, Spazz a dit:

— Désolé tout le monde, je n'ai jamais pensé que ça tournerait comme ça. Je me sens vraiment idiot, surtout à cause du tatouage. Sans cela, on s'en serait tiré.

— Tu ne pouvais pas savoir que tu allais te faire enlever! fit Lorraine. Je ne m'en doutais certainement pas quand j'ai emprunté l'uniforme de ma sœur! J'imagine qu'elle ne serait pas acceptée non plus dans ton club de filles, hein, Debbie? Elle, elle est vraiment une bonne. Tu vois, elle a décidé de payer son université et c'est pour ça qu'elle travaille au Ritz à temps partiel. Mais tu pourrais peut-être l'engager, poursuivit Lorraine sarcastiquement, la prochaine fois que tu auras besoin d'une bonne pour servir les hors-d'œuvre à une réunion de ton club?

— Écoute, je ne sais pas ce que j'ai dit dans l'auto, a répondu Debbie, mais il n'y a même pas de club d'étudiantes. Je ne sais pas ce que j'ai pu raconter. J'étais confuse et troublée. Je ferai peut-être partie d'un club d'étudiantes quand j'irai à l'université, mais, en ce moment, je n'en connais même pas. Je m'excuse, Lorraine, de ce que j'ai pu dire. Écoute, cessons de nous disputer. Il faut qu'on travaille tous ensemble pour arriver à nous en sortir... D'accord?

— O.K., a convenu Lorraine. Debbie a raison. On ne peut pas rester assis comme ça à rien faire. Il faut planifier quelque chose. Mais écoutez! Qu'est-ce que c'est que ça?

On venait d'entendre le bruit d'une auto qui s'arrêtait devant l'édifice.

— Quelqu'un vient! signala Lorraine. Ils se sont probablement débarrassés de la Ford et sont venus dans une autre bagnole. Elle fait encore plus de bruit.

Assis en silence, on a écouté. Quelques minutes plus tard, on a entendu le monte-charge. Quand il est arrivé à notre étage, Glory et Nosh y étaient. Nosh poussa la grille pendant que Glory braquait sur nous une lampe de poche. Ça sentait fortement la pizza et je me suis soudain rendu compte que je mourais de faim.

— Bougez pas. Je suis armée. On vous a apporté des couvertures et de quoi bouffer. Tenez! (Elle nous lança une petite pile de couvertures.) O.K., Nosh, mets la pizza par terre.

Nosh entra dans la salle, déposa deux boîtes de carton et un sac en papier sur le plancher, puis retourna dans le monte-charge.

— D'accord, ce n'est pas le Ritz, dit Glory en riant. Mais vous ne payez pas, non plus. Vous n'avez même pas à donner de pourboire!

Comme elle allait partir, Debbie lui lança:

— Attendez, il faut que j'aille aux toilettes.

— D'accord, viens, dit Glory. J'imagine qu'il vaut mieux en finir avec ça. Vous pourrez aller à la toilette chacun votre tour. Ensuite, il faudra attendre jusqu'à demain matin. Je reviendrai vous chercher un à un.

Debbie entra dans le monte-charge. Glory ferma la porte, tira sur un levier et l'ascenseur disparut.

— Écoutez, ai-je dit aux deux autres, quand ce sera votre tour, ouvrez les yeux. Notez bien tout ce que vous aurez vu autour de vous et essayez de vous en souvenir. On comparera nos observations. Y a peut-être moyen de s'évader.

Glory et Nosh sont revenus avec Debbie, et Lorraine est descendue. On a décidé d'attendre que tout le monde soit revenu avant d'attaquer les pizzas. Le sac de papier contenait quatre cannettes de boisson gazeuse et un petit gâteau individuel garni de glaçage blanc et saupoudré de petites paillettes.

Ce fut le tour de Spazz et ensuite le mien. Le monte-charge était plus lent que l'idée que je m'en étais faite lorsque j'avais les yeux bandés. J'avais eu raison, par exemple, pour le nombre d'étages. Au rez-de-chaussée, Melvin était assis à une petite table, en train d'écouter une radio portative. La salle était presque vide. Il y avait seulement une table, deux chaises et une caisse vide. Melvin s'est levé, et Nosh et lui m'ont conduit le long d'un étroit couloir jusqu'aux toilettes. Glory me tendit un seau de métal à rapporter à notre étage, en disant:

— Juste au cas où quelqu'un aurait une envie désespérée pendant la nuit. On ne s'attendait pas à ce que vous soyez quatre.

Cinq minutes plus tard, j'étais de retour avec les autres. J'ai déposé le seau dans un coin.

— Un cadeau de Glory, ai-je dit. Au cas où quelqu'un ne pourrait pas se retenir jusqu'au matin.

— Quelle horreur! commenta Debbie.

L'odeur de la pizza était irrésistible. On a déchiré les boîtes de carton. Il y avait deux pizzas: pepperoni et champignons, et ananas et jambon. Dans le sac, parmi les boissons gazeuses et le petit gâteau, on avait glissé un bout de papier sur lequel on avait griffonné les mots: «Bonne fête».

— Ça ne peut être que Nosh, déclara Lorraine.

— Oh! fit Debbie, en essuyant une larme, comme c'est gentil!

Elle demeura silencieuse quelques instants, puis, levant les yeux vers nous, elle demanda:

— Voulez-vous partager avec moi?

— D'accord, ai-je dit. (Les autres ont hoché la tête.)

J'ai pensé: «Que c'est moche de célébrer son anniversaire comme ça!» Mais Debbie tenait admirablement le coup.

Entre les bouchées de pizza, nous comparions ce que nous avions découvert. On donna presque tous la même description de la pièce où Melvin était assis.

— Quelqu'un a-t-il pu voir quelque chose sur les étages du bas lorsque le monte-charge passait? ai-je demandé.

— Il faisait plutôt sombre, dit Spazz. Je ne suis pas sûr, mais il m'a semblé que la pièce à l'étage en dessous de nous avait une porte. L'entrée du troisième étage m'a paru condamnée par des planches. Je n'ai rien noté de spécial au second.

— J'ai aussi remarqué que le troisième était cloué avec des planches, ai-je ajouté. Il n'y avait pas de lits là où se trouvait Melvin. Ils doivent donc dormir ailleurs. Rien d'autre?

Lorraine secoua la tête.

— Je suis montée debout sur le siège de la toilette et j'ai regardé dehors par la petite fenêtre, dit Debbie. Elle avait des barreaux à l'extérieur – pas moyen de sortir par là. Je pense avoir vu des rails de chemin de fer, mais ils m'ont paru désaffectés. De l'autre côté des rails, il y avait une autre vieille bâtisse en briques, mais je n'ai pas vu de nom dessus.

Après qu'on a eu fini toute la pizza, Debbie a insisté pour qu'on mange chacun une bouchée de son gâteau. Mais on n'avait pas le cœur à chanter «Bonne fête!».

— Où pensez-vous qu'on est? ai-je demandé.

— Je pense qu'on doit se trouver dans un des vieux quartiers d'entrepôts de la ville, dit Lorraine. La voie ferrée le confirme. Avant qu'ils nous bandent les yeux, on allait vers l'est, mais ils auraient pu changer de direction. Je doute qu'ils soient revenus d'où on venait, ils auraient frappé l'heure de pointe et la police. Attendez voir... Si on regardait ce qu'il y a d'écrit sur les boîtes de pizza.

Lorraine prit une des boîtes et alla se tenir sous une des fenêtres. On la suivit. Il faisait juste encore assez jour pour pouvoir distinguer les mots: *Le Roi de la pizza.*

— Je pense qu'il y a quatre adresses inscrites sur la boîte, fit Lorraine. C'est pas facile à lire. Je sais qu'il y a un *Roi de la Pizza* au centre-ville, mais ça ne peut pas être celui-là. Je pense que je vais arriver à lire les adresses malgré tout. Tiens, y en a un rue Lavande, nord. Il y a quelques vieux entrepôts dans ce secteur. D'après moi, on est dans la partie nord de la ville. Les pizzas étaient vraiment chaudes, et les boissons froides, alors celui qui les a apportées n'a pas dû venir de loin.

— Tu as sans doute raison, Lorraine, ai-je dit. Mais notre problème principal, c'est de convaincre ces crétins-là que Spazz n'est pas Billy T. Si on y arrive, ils se rendront compte que ça ne sert à rien de nous garder.

— Mais on a déjà essayé et ça n'a rien donné, intervint Lorraine.

— Entre-temps, dit Debbie, essayons d'être aussi à l'aise que possible. J'ai besoin d'une couverture. Je commence à avoir froid. Ensuite, on comparera Spazz et Billy T. Mais qu'est-ce qu'on entend?

Une musique nous parvenait par la cage du monte-charge.

— Ça doit être la radio. Melvin l'écoutait justement.

— On dirait plutôt de la musique en direct, dit Spazz.

— Ils veulent peut-être nous distraire, renchérit Lorraine. Qu'est-ce que ça peut nous ficher! Arrangeons-nous pour être bien.

On a ramassé les couvertures, on s'en est recouverts, puis on s'est étendus contre le mur. Spazz et moi étions les seuls à avoir des vestons, et les filles ont accepté avec reconnaissance de s'en servir comme oreillers.

Une fois qu'on a été installés, Debbie a dit:

— Bon, voyons maintenant quelles différences existent entre Spazz et Billy T. Spazz, dis-nous tout ce que tu sais de lui. Tu dois en savoir pas mal.

— Seulement ce que j'ai lu dans les revues. Mais d'accord. Je vais essayer de me rappeler tout ce que je sais de lui. Ils se rendront compte demain que je ne suis pas Billy T, en tout cas. Glory m'a informé qu'elle allait me faire appeler mon – son – agent demain pour qu'il apporte la rançon.

— Tu sais qui c'est, l'agent de Billy T? demanda Lorraine.

— Ouais, son agent s'appelle John de Marco. Il est à New York. Je ne connais pas son numéro de téléphone, mais je gage que Glory le sait. C'est elle qui a l'air d'être le cerveau de toute cette opération.

— Je pense que t'as raison, ai-je dit. Elle a mentionné, dans l'auto, le fait que Melvin et Nosh avaient déjà échoué, alors ce n'est peut-être pas la première fois qu'ils essaient ce genre de chose.

— On perd du temps, fit remarquer Debbie. Laissons Spazz nous dire tout ce qu'il sait de Billy T pour voir si ça peut nous être utile.

Spazz se mit à raconter, et il en savait long:

— Il a quatre ans de plus que moi. Il est né à New York, sous le nom de Billy Becker. Dans le Bronx. Sa mère était juive, son père catholique, mais il a été élevé dans la religion juive. Son anniversaire est le quatre novembre. C'est un Scorpion. Son père était un petit horloger. Vous voulez en savoir plus sur sa carrière musicale?

— Oui, tout, dit Debbie. On ne sait jamais ce qui peut servir.

Spazz continua. Il connaissait chaque tube de Vautour Noir, même les paroles. Il parla pendant une heure.

— Wow, Spazz! T'apprends tout ça par cœur ou quoi? a demandé Lorraine.

— Non, je suis juste un fan. J'en connais pas mal sur d'autres groupes aussi.

— Je suis une de ses fans aussi, mais j'ai jamais su la moitié de tout ça.

— Je pense que le fait que Spazz soit tellement au courant aggrave les choses, ai-je soulevé. S'ils lui faisaient passer un examen sur Billy T, il aurait cent pour cent.

— Il pourrait toujours mentir, a suggéré Lorraine.

— Bien, en dehors de persuader Glory d'apporter une guitare électrique et de faire chanter Spazz, je ne sais pas quoi suggérer d'autre!

— Elle ne croirait jamais ça, de toute façon. Il pourrait prétendre ne pas avoir de talent, émit Lorraine.

— Je blaguais, dis-je.

— Qui te dit que je n'ai pas de talent, Lorraine? demanda Spazz. Tu aurais peut-être des surprises. Viens prendre une douche avec moi et je chanterai à tue-tête.

— Pas pour moi, merci! rétorqua Lorraine.

— Soyez sérieux, vous autres! intervint Debbie. Restez tranquilles, et réfléchissez à tout ce que Spazz vient de nous dire.

On s'est tus; on est restés étendus à penser un bon moment et, malgré le dur plancher, j'ai failli m'endormir.

— Spazz! dit soudain Debbie, tu n'as pas l'accent new-yorkais! Tu nous as dit que Billy T venait de New York.

— Ça ne colle pas, Debbie, objecta Spazz. Billy T a fait tant de tournées un peu partout qu'il ne parle pas différemment de moi, à présent.

— On devrait tout de même être capables de trouver quelque chose!

Après quoi, Debbie redevint muette.

— Tu nous as bien dit que Billy T était juif, reprit-elle après un moment.

— Ouais. Et après?

— S'il est juif, il doit être, tu sais...

— Quoi? demanda Spazz.

— C'est tellement gênant! poursuivit Debbie. Dieu merci, il fait noir. Je me sens rougir... Ce que je veux dire, c'est que si Billy T est juif... est-ce qu'il ne serait pas... Tu sais... circoncis? Là, je l'ai dit!

— Alors? a demandé Spazz.

J'ai failli m'étouffer, et je sentais Lorraine trembler de rire en silence à côté de moi.

— Eh bien? fit Debbie. Oh Spazz, tu rends les choses tellement difficiles. L'es-tu, toi? lui demanda-t-elle dans un soupir.

— Juif?

— Non, imbécile! Circoncis?

118

Je ne pouvais plus me contrôler; Lorraine non plus. On a éclaté de rire.

— Taisez-vous donc, vous deux! s'indigna Debbie. C'est sérieux. Alors Spazz, la réponse?

— Désolé de te décevoir, dit Spazz, d'un ton vexé. Mais oui, je le suis.

— Dommage, fit Debbie.

— Désolé, dit Spazz.

Lorraine et moi continuions de nous tordre de rire par terre.

— Ce n'est pas ta faute, a marmonné Debbie.

— Je le sais, ajouta Spazz. Si mes parents avaient su que je me ferais enlever un jour, ils n'auraient jamais laissé le docteur me faire ça.

— Oublie ça, dit Debbie. Ce n'était qu'une idée.

— Ah oui? Et si je ne l'avais pas été, qu'aurais-tu attendu de moi? Que j'aille voir Glory – son revolver braqué sur moi – et que je lui dise: «Écoute, Glory, je ne suis pas Billy T. Voici la preuve.» Franchement!

— Oublie ça! a coupé Debbie, énervée. T'auras pas à le faire. Endors-toi!

J'ai pensé, en riant toujours à me fendre les côtes, qu'il valait mieux que j'arrête. Rire comme ça ferait seulement me donner envie. Et je refusais carrément d'aller me servir de ce seau-là, même s'il faisait noir. Mais plus j'essayais d'arrêter, plus je riais. Lorraine ne pouvait pas s'arrêter non plus, et bientôt, Debbie et Spazz pouffèrent également. C'était probablement une bonne chose de rire ainsi. En dessous de nous, la musique s'adoucit et quelqu'un se mit à chanter.

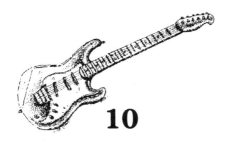

10

Je me suis réveillé le premier. J'ai pensé qu'il était de bonne heure, à en juger par la lumière qui entrait par les fenêtres. J'avais mal à la hanche gauche après avoir dormi sur le plancher de bois. Je me suis redressé et j'ai jeté un coup d'œil aux autres. Lorraine était à ma droite. Elle respirait tranquillement, sa couverture sur la tête. Debbie était couchée à côté d'elle. Elle était encore plus belle endormie. Je n'en revenais pas de ses longs cils sombres. À ma gauche, Spazz ronflait doucement. Il avait ôté sa perruque de Billy T et s'en servait comme oreiller.

J'avais froid et je voulais aller aux toilettes. Je me suis étendu de nouveau, en me tournant sur la hanche droite. Mais rien à faire, je n'arrivais pas à me rendormir. J'espérais que Glory et sa bande ne soient pas des lève-tard, parce qu'alors je serais forcé de me servir du seau.

Debbie avait bougé. Ses cils remuèrent et elle ouvrit les yeux. Elle a vu que j'étais réveillé. Elle s'est étirée et elle s'est retenue de bâiller. J'ai remarqué sa montre-bracelet.

— Il est quelle heure? lui ai-je chuchoté.

— Sept heures vingt-cinq, m'a-t-elle chuchoté en retour. Ouch! J'ai mal partout! Le plancher est vraiment dur. J'ai envie, mais je ne vais certainement pas utiliser ce seau-là!

— Moi non plus, ai-je dit.

— Je suis désolée si ça réveille les autres, mais je ne peux plus attendre.

Elle se leva et alla s'étendre au bord de la cage du monte-charge.

— Hé là, vous en bas! On a besoin d'aller aux toilettes! a-t-elle crié. Hé! Hé! M'entendez-vous?

— Qu'est-ce qui se passe? a demandé Spazz en s'asseyant.

Lorraine a enlevé la couverture qui lui recouvrait la tête en gémissant, et elle a ouvert les yeux. Elle les a refermés, mais les a rouverts aussitôt quand Debbie s'est remise à crier.

— On a besoin d'aller à la salle de bains! Vous, là, en bas, faites-nous descendre!

Aucune réponse d'en bas.

— Hé là! a crié Debbie encore une fois. (Elle avait vraiment l'air fâché.)

Elle s'est levée et elle est allée au seau. Je pensais qu'elle allait s'en servir. Lorraine a sauté sur ses pieds en tenant sa couverture – avec l'idée de l'utiliser comme paravent, je pense. Mais Debbie a ramassé le seau, puis, en passant près de Lorraine à toute vitesse, elle est allée le jeter dans la cage du monte-charge.

On entendit un tintamarre suivi d'un énorme *bang*. Le seau avait dû frapper les côtés de la cage avant d'atterrir sur le dessus du monte-charge.

— C'est pas malin, ça! gémit Lorraine. Qu'est-ce qu'on va faire à présent?

— Tu peux te servir de la cage du monte-charge si tu veux, je m'en fous! a jappé Debbie. Moi, je veux une toilette!

On entendit un vrombissement venant d'en bas. Le monte-charge venait de démarrer.

On a attendu sans rien dire. Quand il a paru au-dessus du bord de la cage, on a vu le seau sur le dessus. Nosh était le seul passager et il avait l'air inquiet. En s'arrêtant, le monte-charge a fait un bruit comme si quelqu'un écrasait des flocons de maïs. Nosh n'a pas ouvert la porte.

— Melvin est furieux, a-t-il dit. Vous l'avez réveillé. Glory aussi. Je leur ai dit que je viendrais voir ce qui se passe. Glory a accepté à condition que je n'ouvre pas la porte.

— Merci pour le gâteau, hier soir, a dit Debbie à Nosh. C'était ton idée, pas vrai?

Nosh a souri timidement.

— Ouais. J'aurais voulu mettre une chandelle, mais j'en avais pas.

— C'est très gentil de ta part. Écoute, Nosh. Il faut absolument que j'aille à la salle de bains. Les autres aussi. Tu peux nous descendre un à un? On te promet qu'on n'essaiera pas de se sauver.

Nosh n'avait pas l'air trop sûr.

— Promis?

— Je te le promets. (Elle se tourna vers nous.) On lui promet tous, pas vrai?

On a tous marmonné «Oui». J'aurais promis n'importe quoi, tellement j'avais envie.

— O.K. d'abord. Mais pas de mauvais tours!

Il a alors ouvert la grille, juste assez pour laisser passer Debbie. Il l'a refermée tout de suite après elle, et il a fait redescendre le monte-charge. J'ai remarqué que le seau, sur le dessus, était pas mal cabossé.

— Qu'est-ce qui lui a pris de promettre qu'on n'allait pas essayer de se sauver? demanda Lorraine.

— Ça lui a permis d'aller aux toilettes, ai-je dit. Ce que j'aimerais bien pouvoir faire aussi! En tout cas, ça va nous donner une autre chance d'examiner les lieux. Voyons si on peut découvrir quelque chose d'utile.

Debbie et Nosh prenaient un temps fou à revenir.

On a convenu que je serais le suivant, parce que c'est moi qui paraissais en avoir le besoin le plus urgent.

J'ai bien examiné les étages en descendant. Spazz avait raison. Dans la pièce de l'étage au-dessous, il y avait deux portes, pas seulement une, mais je ne pouvais pas savoir sur quoi elles débouchaient. La pièce paraissait plus petite que la nôtre et elle était complètement vide. Le troisième étage était condamné par des planches clouées en travers de l'ouverture. En passant, j'ai pu voir qu'une partie du plafond s'était effondrée. Le plancher était couvert de plâtras. La pièce du deuxième étage était vide, mais elle avait deux portes de sortie, comme l'autre.

Au rez-de-chaussée, Glory nous attendait, revolver au poing.

— Tu peux te laver au lavabo si tu veux, m'a-t-elle dit en me lançant une serviette. Mais dépêche-toi.

Nosh m'a suivi aux toilettes, et il m'a attendu à l'extérieur. Le lavabo se trouvait dans le corridor, en avant de la porte. Une fois mon besoin terminé, je suis monté sur le siège de la toilette et j'ai pu confirmer ce que Debbie nous avait décrit. Je suis sorti des toilettes, j'ai enlevé ma chemise, et je me suis éclaboussé avec un peu d'eau. Il y avait un petit savon. Nosh était resté debout dans le corridor pour me surveiller. Glory m'a repris la serviette quand je suis retourné. Spazz était le suivant.

— J'ai réussi à obtenir de Glory qu'elle nous laisse nous servir de la toilette et nous laver, a déclaré Debbie. On pourra y aller deux fois le matin et deux fois l'après-midi. À condition qu'on se conduise bien. Mais au moindre écart, elle nous donne un autre seau, et alors plus question de descendre.

Comme Spazz revenait et que Lorraine descendait avec Nosh, on a entendu une auto démarrer.

— Melvin va nous apporter à déjeuner, nous informa Spazz. Puis, dans une heure, ils vont m'amener téléphoner à l'agent de

Billy. Je pense que c'est surtout Glory qui va parler. Elle a dit qu'elle me mettrait au téléphone juste le temps nécessaire pour que son agent sache que je suis Billy. C'est alors qu'elle va se rendre compte, j'espère, que je ne le suis pas et qu'elle va nous relâcher. J'ai essayé de la convaincre de vous laisser aller tout de suite, mais elle dit qu'il faut tous nous garder ici jusqu'à la remise de l'argent. Je ne sais pas comment elle va s'y prendre pour se le faire donner.

Au retour de Lorraine, on a de nouveau comparé nos observations. On n'avait rien appris de plus. On entendit le bruit d'une auto qui revenait et, quelques instants plus tard, Nosh nous apportait notre déjeuner. Quatre œufs McMuffin et quatre cafés de chez McDo. Il n'y avait malheureusement pas d'adresse sur le contenant.

Dès qu'on a eu fini de manger, Lorraine a suggéré:

— Vous savez, on pourrait probablement atteindre l'une des fenêtres si on formait une pyramide. Kevin, si toi et Spazz vous vous agenouilliez, je pourrais prendre Debbie sur mes épaules et me tenir sur votre dos, les gars. Elle arriverait peut-être à voir au-dessus du rebord de la fenêtre.

— Ça vaut la peine d'essayer, déclara Debbie. Penses-tu pouvoir me soutenir?

— Tu ne pèses pas beaucoup plus que moi, mais tu es un peu plus grande et tes bras sont plus longs, a dit Lorraine. Tu pourrais peut-être te hisser en t'agrippant au rebord de la fenêtre?

— D'accord.

Spazz et moi, on s'est mis à quatre pattes, côte à côte sous l'une des fenêtres. Lorraine a mis la tête entre les jambes de Debbie et elle a réussi à la faire passer sur ses épaules. Elle oscillait un peu.

— Baissez-vous, les gars. C'est trop haut pour que je mette les pieds sur votre dos.

C'est ce qu'on a fait, et elle a réussi à monter. Je l'ai sentie vaciller quand on a relevé le dos.

— Vois-tu quelque chose, Debbie? a demandé Lorraine. (Sa voix sonnait tendue comme si elle avait du mal à la soutenir.)

— Un instant, a dit Debbie, j'ai les yeux au même niveau que la fenêtre. Je vais me hisser un peu, bougez pas.

J'ai senti le pied de Lorraine changer de position sur mon épaule, puis Debbie a poursuivi:

— Je vois seulement le haut d'un autre immeuble et, attendez, un château d'eau sur un immeuble situé derrière le premier. Il y a quelque chose d'écrit. Ça a l'air d'être W-O-

O-F-I-E. Woofie. C'est tout ce que j'arrive à voir.

J'ai regardé au-dessus de mon épaule.

— C'est le nom d'une marque de nourriture pour chiens, ai-je indiqué. T'as de belles jambes, Lorraine, ai-je ajouté, comme je regardais en l'air.

— Imbécile! a-t-elle répondu, et j'ai senti son pied m'écraser la nuque.

Ajouté au fait que Spazz et moi, nous nous étions mis à rire, cet incident a fait s'écrouler la pyramide. Le pied de Lorraine a glissé de mon dos et Debbie est descendue super vite. Heureusement, elle a atterri sur ses pieds.

— Vous, là, les gars, nous a reproché Lorraine, si vous voulez qu'on sorte d'ici, vous allez devoir coopérer, pas faire les fous.

— Désolé, ai-je marmonné. Je...

Le bruit du monte-charge qui revenait m'a empêché de terminer ma phrase.

C'étaient Glory et Melvin.

— Toi, a dit Glory en pointant son revolver sur Spazz, suis-moi.

— Bonne chance, Spazz! lui ai-je souhaité.

— Merci, a-t-il répondu à mi-voix.

Quand il fut parti, j'ai été examiner la cage du monte-charge, encore une fois.

Les filles ont plié les couvertures et elles se sont assises dessus, dos au mur. Elles ne disaient rien. Elles étaient beaucoup trop inquiètes.

Un quart d'heure plus tard, le monte-charge était de retour. Glory et Melvin étaient avec Spazz et ils n'avaient pas l'air trop heureux. On a regardé Spazz, dans l'expectative. Il a secoué la tête.

— Alors, lui ai-je demandé une fois que l'le monte-charge a redescendu, qu'est-ce qui s'est passé? L'agent de Billy T a-t-il confirmé que tu n'étais pas lui?

— Pas exactement. (Spazz avait l'air inquiet.) Ils m'ont amené en auto jusqu'à une boîte téléphonique à deux coins de rue d'ici. T'avais raison, Lorraine, on se trouve dans le nord de la ville. La plupart des entrepôts ont l'air abandonné. Celui-ci a des pancartes disant «Condamné» et «Défense d'entrer». Il n'y avait personne autour. Melvin a gardé son pistolet pointé sur moi tout le temps. C'est Glory qui a fait l'appel. Elle connaissait le numéro par cœur, et elle avait des tas de pièces de monnaie, juste au cas. Elle a parlé presque tout le temps. Elle a dû d'abord avoir le secrétaire de Marco au bout de la ligne, parce qu'elle a dit: «Billy T Banko pour M. de Marco.» Ensuite, il a dû répondre, car elle a ajouté : «On détient

Billy T Banko, et on veut faire un marché avec vous. On veut deux cent mille dollars, en argent comptant, pas plus tard que lundi matin. Je vous dirai où et quand. C'est vous qui contrôlez l'argent de Billy T, alors sortez-le. On vous rappellera dans une couple d'heures. Pas de folies, ou bien Billy T aura fait son dernier disque.» Ensuite elle a ajouté: «Que voulez-vous dire, que vous venez de lui parler au téléphone? Il est ici, à côté de moi. Je vais vous le passer.» Elle m'a prévenu, a poursuivi Spazz: «Lis ça et dis rien d'autre.» Elle m'a tendu un bout de papier et j'ai été obligé de dire: «J'ai été kidnappé au Ritz hier. Fais ce qu'elle te dit, John.» Glory m'a alors arraché le téléphone des mains. Je l'ai entendu glapir: «Ce n'est pas un canular. Vérifiez tant que vous voudrez. Appelez-le alors, si vous savez où il est. Vous avez deux heures.» Et elle a raccroché le combiné d'un geste furieux. Et voilà. Elle ne me croit toujours pas. Je pense qu'elle comptait sur ma voix pour convaincre de Marco. Il sait sûrement où se trouve Billy T puisqu'il lui a téléphoné. Il ne va rien faire à propos de l'argent. Lui sait que je ne suis pas Billy T. J'espère que, quand Glory va le rappeler tout à l'heure, John de Marco va lui faire comprendre qu'elle s'est trompée de gars.

Le monte-charge arrivait de nouveau. Glory était seule, et elle ne s'est même pas donné la peine d'ouvrir la grille. Elle a simplement passé un journal au travers et l'a envoyé valser sur le plancher.

— Alors, on n'a pas le bon gars, hein? Lisez ça! a-t-elle lancé triomphalement.

Spazz a ramassé le journal, l'édition du samedi de *La Chronique*. On a vite été regarder par-dessus son épaule.

J'ai gémi en lisant le titre d'un article à la une: «Des filles prennent le Ritz d'assaut», et en entendant lire Spazz: «Hier, des centaines de filles se sont attaquées au Ritz, suivant une rumeur selon laquelle Billy T Banko, chef du groupe *heavy metal* Vautour Noir, était descendu à cet hôtel. Appelée au secours par le service de Sécurité, la police évinça les fans bruyants – presque toutes des adolescentes – qui étaient entrées de force dans l'hôtel, espérant y entrevoir le fameux rocker. Un porte-parole de l'hôtel a par ailleurs affirmé qu'il y avait eu peu de dommages avant que la police et les employés de l'hôtel ne réussissent à repousser les admiratrices.

«Le même porte-parole a cependant refusé de confirmer ou de nier la présence de Billy T, déclarant que la politique de l'hôtel lui interdisait de révéler toute information relative à ses hôtes. Quelques clients du restaurant situé en bordure du hall d'entrée de l'hôtel ont confirmé au reporter de *La Chronique* qu'ils avaient vu un jeune homme, répondant à la description de Billy T, se faire bousculer pour quitter l'hôtel rapidement, entouré d'agents de sécurité. On ne sait pas où il se trouve maintenant, mais il est certain que Billy T était en ville hier. Nous renvoyons nos lecteurs à la page trois où ils pourront lire une interview exclusive de notre reporter de spectacles, Jessica Kendall, avec la star du rock. Notons que l'album *Des filles aux barricades* est le numéro un du palmarès au pays.»

J'ai gémi encore plus fort quand Spazz s'est rendu à la page trois. L'interview était bien là, encerclé d'encre rouge par Glory. Et pour rendre les choses encore pires, il y avait aussi la photo de Spazz et moi. La légende sous la photo se lisait: «Billy T Banko avec un ami, Éric, au bistro *Le maquis français,* hier.» Il n'y avait pas grand-chose dans l'interview. Un mot au sujet de Billy T et de Nirvana Nyx et un autre du dernier tube de Vautour Noir. Jessica Kendall avait ajouté quelques détails de son cru. Mais, même si elle s'était trompée encore une fois à propos de mon nom, il était indéniable que c'était bien moi assis aux côtés de Spazz. Ça allait être encore plus difficile d'arriver à convaincre Glory et compagnie qu'ils s'étaient trompés de gars.

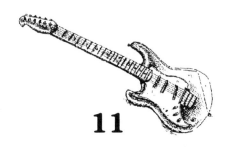

11

— **Q**u'est-ce qu'on fait à présent? a demandé Lorraine. Si de Marco n'arrive pas à convaincre Glory que Spazz n'est pas Billy T, on pourrait moisir ici longtemps. De Marco ne veut pas cracher l'argent et ils ne vont pas nous laisser partir avant qu'il le fasse. Qu'est-ce qu'ils vont faire de nous, d'après vous? Ils ne vont pas juste nous laisser aller. On en sait trop. Ils n'iraient pas jusqu'à… vous savez ce que je veux dire… hein? (Elle semblait vraiment inquiète.)

On est restés sans rien dire pendant un bon moment, réfléchissant à ce que Lorraine pensait tout bas.

— Non, ai-je dit. Dès qu'ils sauront que Spazz n'est réellement pas Billy T, ils vont foutre le camp à pleine vitesse, en nous laissant derrière.

— On devrait donc se préoccuper avant tout de trouver un moyen de s'évader, a conclu Debbie. S'ils nous laissent ici, ça pourrait prendre des jours avant que quelqu'un nous découvre. On pourrait mourir de faim. Pourquoi on n'essaierait pas de hurler à pleins poumons?

— Ça ne donnerait pas grand-chose, intervint Spazz. Quand je suis sorti, il n'y avait pas un chat. De plus, c'est le week-end. Alors les gens qui travaillent autour d'ici ne seront pas de retour avant lundi. Et une autre chose, si on fait du tapage, ça va prendre combien de temps avant qu'ils nous fassent taire en bas? Qu'ils nous bâillonnent ou nous ligotent? Essayons de trouver quelque chose de mieux.

— Y a une chose que je ne comprends pas, ai-je dit. Comment ça se fait qu'on ne mentionne pas la disparition de Lorraine et de Debbie dans le journal? Tes parents doivent être inquiets à mort, Debbie.

— Pas les miens, a dit Lorraine en soupirant. Je les ai déjà avertis que je passerais probablement tout le week-end chez Caroline Demers. Ma mère n'appellera pas chez Caroline avant tard demain soir, si je ne suis pas rentrée.

— Qu'avais-tu à tant t'énerver à propos de l'uniforme de ta sœur, et à vouloir le ramener à tout prix avant qu'elle ne s'en aperçoive? a demandé Spazz. Ta sœur ne va-t-elle pas voir qu'il a disparu?

— Non, elle ne travaille pas avant mardi soir. De toute façon, elle est partie pour la fin de semaine.

— Alors pourquoi tu t'en faisais autant pour rapporter l'uniforme? a persisté Spazz.

— J'étais gênée, a admis Lorraine en rougissant, de me retrouver dans la suite royale du Ritz avec deux gars de l'école secondaire Le Carrefour, c'est tout.

— Tu ne nous faisais pas confiance, hein? a demandé Spazz. Pourtant, ça ne t'aurait pas fait un pli si Billy T avait été là, au lieu de Kevin et moi...?

— Ça va, Spazz! C'était une idée stupide, au départ... Et puis, qu'est-ce que j'ai à tout vous expliquer comme ça?

— Ce n'est pas important, a dit Debbie. Tout ce qui compte, c'est de trouver un moyen de s'évader. Discuter pour savoir qui a fait quoi ne mène nulle part. Je sais que mon père doit être fou d'inquiétude. J'ai disparu au beau milieu de mon party d'anniversaire. Mais pour revenir à ce que Kevin disait, au fait qu'on n'avait pas mentionné notre disparition dans les journaux, j'ai lu quelque part qu'il faut être porté disparu pendant au moins vingt-quatre heures avant que la police agisse. Papa est sûrement allé à la police, mais ils ne feront rien d'officiel avant demain.

— Je pense que Debbie a raison, ai-je opiné. Mais alors qu'est-ce qu'on fait? On reste assis sur notre derrière à attendre ou quoi?

— As-tu des idées? a demandé Lorraine. Je n'aurais pas envie de passer une autre nuit ici, encore moins la fin de semaine entière, mais que faire?

— Bien, ai-je repris, j'ai examiné la cage du monte-charge de nouveau. Si je pouvais descendre à l'étage au-dessous, je trouverais peut-être un escalier. D'après ce que j'ai pu voir, la pièce d'en dessous est beaucoup plus petite que la nôtre. Et elle a deux portes de sortie. Une d'entre elles doit mener à un escalier, si elle n'est pas condamnée par des planches, comme celle-ci. Ça vaut la peine d'essayer.

— Et comment arriverais-tu là? a demandé Lorraine. C'est beaucoup trop dangereux. Si tu tombais?

— J'aurais besoin d'une corde ou de quoi en fabriquer une.

— On n'a rien que ces couvertures-là, a montré Spazz. Si on les déchirait et s'ils s'en rendaient compte, adieu nos beaux projets d'évasion. En tout cas, si quelqu'un descend, ça devrait être moi, parce que c'est moi qui nous ai tous mis dans ce pétrin.

— Examinons quand même les couvertures, ai-je suggéré.

J'en ai ramassé une et, la tenant par un coin, j'ai essayé de la déchirer. J'ai eu beau forcer, pas moyen d'y arriver. Spazz et les filles ont essayé à leur tour, avec le même résultat.

— Ça doit être des couvertures de l'armée, ai-je mentionné, parce que j'en ai jamais vu d'aussi épaisses.

— On aurait besoin d'une bonne paire de ciseaux. Ou bien, on peut essayer de les attacher ensemble, a suggéré Spazz.

— Moi, je trouve ça trop dangereux, a objecté Lorraine. On est tous en vie et en bonne santé. Pourquoi risquer de se tuer?

L'idée de nous tuer nous a tous fait réfléchir un moment. J'avais affirmé que cette bande n'allait pas nous faire de mal, mais ce n'était pas garanti.

— Voyons voir si on n'arrive pas à attacher deux couvertures ensemble, ai-je proposé.

Impossible. Elles étaient beaucoup trop épaisses et on n'arrivait pas à faire un nœud qui tienne.

— Il va falloir trouver autre chose, ai-je conclu.

— Y a les cravates qu'on a achetées, s'est rappelé Spazz en prenant sa veste et en en retirant le paquet.

— Parfait! ai-je dit. Montre un peu.

— Wow! s'est exclamée Lorraine en les apercevant. Vous avez acheté ces cravates-là, vous deux?

— Elles sont peintes à la main! a renchéri Debbie en passant la main dessus. Et elles ont sûrement coûté cher!

— Et comment! Quatre-vingt-dix piastres chacune, ai-je précisé tout en tressant les cravates ensemble, mais en fait c'est Billy T qui les a payées. O.K., Spazz, l'heure du souque-à-la-corde est arrivée. On va tester leur résistance.

On s'est assis par terre, face à face, Spazz et moi, et on a tiré de toutes nos forces. Elles ont tenu.

— O.K. pour ça, ai-je dit. Voyons maintenant jusqu'où elles vont descendre.

On est tous allés s'étendre par terre près de la cage du monte-charge. J'ai tenu les cravates par-dessus le bord.

— Ça me fait trop peur! intervint Debbie. Regardez comme c'est bas! Oublions ça!

— Les cravates ne se rendent même pas à mi-chemin, a fait remarquer Spazz.

Il avait raison. Le bout des cravates arrivait à au moins deux mètres au-dessus du début de l'ouverture du quatrième étage. Même si j'étais suspendu au dernier centimètre des cravates, mes pieds n'atteindraient pas l'ouverture. Je les ai remontées.

— Je suis contente qu'on ait abandonné cette idée! a soupiré Lorraine. Ça me donne froid dans le dos de regarder en bas.

— Moi aussi! a secondé Debbie.

— On a besoin de quelque chose d'autre à attacher aux cravates, ai-je dit, pour les allonger. Quelque chose de résistant.

— Comme quoi? a demandé Spazz.

— Je ne sais pas, ai-je répondu. Une ceinture peut-être... Zut! J'ai changé de jean hier et j'ai laissé ma ceinture sur l'autre.

Le pantalon griffé que Billy T avait donné à Spazz n'avait pas besoin de ceinture, et ni l'uniforme de Lorraine ni la robe de Debbie n'en avaient non plus.

— Il y a une chose dont vous pourriez vous servir, a commencé Debbie. Mais non, laissez faire.

— C'est quoi? ai-je demandé.

— Ça serait trop dangereux. Je ne veux pas être responsable de la mort de quelqu'un.

— Dis-le-nous quand même, ai-je insisté.

— Non. Oublions cette idée folle.

— Mais c'est quoi? a renchéri Spazz.

— Ne riez pas. Ça ne marcherait pas de toute façon, a dit Debbie, en rougissant. C'est une idée vraiment dingue. C'est que Lorraine et moi, on porte toutes les deux des bas-culottes et... eh bien... J'ai déjà entendu dire qu'on s'en servait parfois comme courroie de ventilateur sur les voitures. Alors ils doivent être assez résistants. C'était ça mon idée. Vraiment stupide, je sais. Ils se déchireraient probablement.

— C'est pas sûr, ai-je répondu. Ça ne fera pas de mal de vérifier. Allons, les filles, passez-les-nous.

— Non, a refusé Debbie. Je ne voudrais pas que ça tourne mal.

— Écoute, Spazz et moi, on va tirer dessus de toutes nos forces. S'ils ne résistent pas, on abandonne l'idée, d'accord? Mais même si on laisse tomber l'idée d'essayer de descendre dans la cage du monte-charge, une corde pourrait être utile, comme pour attacher un ou deux gars de la bande, par exemple. On pourra peut-être leur sauter

141

dessus quand ils viendront dans le monte-charge.

— Bien..., fit Debbie, l'air perplexe.

— Il vaudrait peut-être mieux avoir une corde, comme le suggère Kevin, a ajouté Lorraine. Vaut mieux être prêts.

— Bon, les gars, a ordonné Debbie, tournez-vous.

On a obéi.

— Tenez, a fait Lorraine.

On s'est retournés, et elle nous a tendu ses bas-culottes.

— Ils sont drôlement courts, a commenté Spazz.

— Ils s'étirent, idiot! a rétorqué Lorraine.

— O.K. Spazz, ai-je demandé. Es-tu prêt pour le test de la torture?

J'avais attaché les bas-culottes ensemble, puis aux cravates. Spazz et moi, on a fait une autre lutte à la corde. Les bas-culottes se sont étirés sans se déchirer.

Lorraine a éclaté de rire:

— Ma sœur ferait une crise si elle voyait ce que vous avez fait de ses bas-culottes.

— Ils sont résistants, ai-je affirmé. Voyons jusqu'où ils peuvent descendre.

— Ne le faites pas! a supplié Debbie. Je regrette d'en avoir parlé.

— On va juste regarder, ai-je promis.

142

Les bas-culottes ajoutaient juste assez de longueur pour pouvoir descendre un peu plus bas que l'ouverture. J'ai calculé que je pourrais attraper un petit rebord au-dessus de l'ouverture et me donner l'élan nécessaire pour sauter dans la pièce.

Spazz et moi, on s'est ensuite disputés pour savoir qui descendrait. J'ai vite mis fin à la discussion en leur demandant qui grimpait le mieux à la corde à l'école, et en leur faisant remarquer que j'étais le plus léger. Les filles voulaient que je laisse tomber, mais j'ai ignoré leurs protestations.

J'ai attaché un bout des cravates à une vieille charnière qui se trouvait au bord de l'ouverture, et je l'ai testé en tirant dessus. Ensuite, avec l'aide de Spazz qui me tenait, je suis descendu au-dessous du rebord.

Quand je suis arrivé trop bas pour qu'il puisse me retenir, Spazz a relâché la tension et tout mon poids alors s'est transféré aux cravates. J'ai souhaité que l'argent de Billy T ait été bien dépensé.

J'ai essayé de trouver un appui pour mes pieds le long du mur de la cage, mais il était tout à fait lisse. J'ai levé les yeux une fois et j'ai vu les visages terrifiés de mes trois copains. Debbie se couvrait à moitié les yeux de ses mains. J'ai essayé de sourire pour les rassurer, mais je suis sûr que tout ce qu'ils ont vu, c'est une grimace.

J'ai atteint les premiers bas-culottes et j'ai continué ma descente. Je les ai sentis s'étirer dangereusement, mais ils ont tenu le coup. Je savais que c'était ceux de Lorraine. Ils étaient noirs comme son uniforme de bonne. S'ils lâchaient maintenant, mes dernières pensées auraient été pour eux. Ils s'étiraient tellement que la sœur de Lorraine ne pourrait plus jamais les porter. Ni personne d'autre, en fait.

J'ai senti que mes pieds touchaient le rebord au-dessus de l'ouverture. Encore un mètre, et je pourrais m'élancer dans la pièce. Tout à coup, j'ai entendu un vrombissement venant d'en bas. J'ai constaté avec horreur que le monte-charge remontait!

Sur le coup, j'ai paniqué, et j'ai entendu un petit cri au-dessus de moi. Que faire? Essayer coûte que coûte d'atteindre l'ouverture au-dessous de moi avant l'arrivée du monte-charge ou essayer de regrimper là-haut? Le monte-charge avait l'air de s'en venir très vite. J'ai fait un effort surhumain pour regrimper d'où je venais.

Je n'étais qu'à mi-chemin, et je voyais les mains de Spazz tendues vers moi, quand le monte-charge m'a frappé.

Ça m'a coupé le souffle, et je me suis retrouvé à plat ventre sur le dessus, à côté du fameux seau métallique que Debbie avait jeté en bas. J'ai pensé: «Je vais sauter dès que le monte-charge arrivera au bord de notre étage.» J'ai essayé de me mettre en position de sauter en avant, mais rien n'allait plus. Je m'étais emmêlé dans ma corde de fortune!

Affolé, j'ai essayé de me déprendre, réalisant au dernier moment que j'étais en train de dépasser mon étage! En un clin d'œil, j'ai aperçu trois visages blêmes, l'un avec une main sur la bouche, et je me suis jeté à plat ventre, avec la certitude de m'écraser contre le toit de la cage.

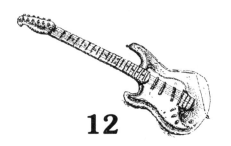

12

J'aurais voulu crier, mais je n'y arrivais pas. J'ai entendu un bruit métallique assourdissant près de ma tête et ensuite un grincement. J'ai senti de la pression sur l'une de mes épaules et je me suis dit: «Je suis cuit.» Mais ça n'a duré qu'une seconde. Il y a eu une secousse et la pression a diminué.

Je me suis rendu compte que le montecharge s'était arrêté à mon étage.

Je ne pouvais pas lever la tête parce que le toit de la cage n'en était qu'à quelques centimètres, mais je pouvais bouger les bras. Je me suis débattu pour me libérer de la corde et j'ai finalement réussi. Puis, j'ai entendu des voix. Celle de Debbie: «Oh, merci! C'est très gentil à vous. Je l'adore! Mais malheureusement, j'ai absolument besoin d'aller à la salle de bains. S'il vous plaît, laissez-moi descendre avec vous! Dépêchons-nous.» Elle semblait paniquée, au bord du désespoir.

— Très bien d'abord, a répondu Nosh, d'un ton perplexe. (Il n'avait pas l'air trop sûr de ce qui se passait.) Mais pas de mauvais tours!

J'ai entendu la grille s'ouvrir et le monte-charge a été agité d'une secousse. Debbie devait être à l'intérieur. La grille s'est refermée et il s'est remis à descendre.

Cette fois-ci, je n'ai pas manqué mon coup. Dès que la pièce m'est apparu, je m'y suis élancé. J'ai atterri sur Spazz et Lorraine en les envoyant au plancher. Je devais apprendre par la suite qu'ils s'étaient préparés à dégager mon corps broyé du monte-charge, au passage. J'ai senti quelque chose de mou et d'humide contre ma chemise et je me suis dit que je devais saigner, mais je n'ai pas eu le temps de vérifier. Lorraine me serrait dans ses bras.

— Dieu merci, tu es en vie!

Elle s'est mise à pleurer, assise par terre à mes côtés, en m'entourant toujours de ses bras.

— Content de te revoir, vieux, fit la voix tremblante de Spazz.

— Promets-moi que tu ne feras jamais plus une chose aussi idiote, a sangloté Lorraine.

L'instant d'après, elle m'embrassait.

— Je ne sais pas, ai-je dit avec un grand sourire, une fois qu'elle a eu fini. Je pense que ça valait le coup.

On a entendu le monte-charge. Cette fois, Glory était avec Debbie et Nosh, et elle tenait son revolver. Vous auriez dû voir l'air soulagé de Debbie quand elle m'a aperçu, mais elle n'a fait mine de rien.

— Qu'est-ce qui se passe? a demandé Glory, d'un air soupçonneux. Nosh pense qu'un de vous manquait tout à l'heure.

— Absolument pas! a répondu Debbie. Il n'a pas vu Kevin, qui boudait dans un coin, c'est tout. Nosh ne l'a pas vu parce qu'il n'est pas sorti du monte-charge.

— Espèce d'idiot! a dit Glory,

— Excuse-moi, Glory. J'étais mélangé.

— Ça va, Nosh. De toute façon, il est temps que Billy descende m'aider à téléphoner.

Une fois que Spazz a été parti, Debbie m'a avoué:

— J'étais malade de peur! J'étais sûre que tu étais mort. J'ai failli leur dire, en bas. Quand Nosh est venu m'apporter un autre gâteau, je ne faisais que penser à toi, broyé sur le dessus du monte-charge! J'ai demandé à Lorraine et à Spazz de t'agripper quand le monte-charge passerait. Je savais qu'il faudrait faire vite. Je ne voulais pas que Nosh s'aperçoive que tu n'étais plus là, mais je ne savais pas quoi faire.

— Je suis bien, ai-je souligné. Le seau que tu as jeté sur le dessus du monte-charge m'a probablement sauvé la vie. À chaque remontée, il se fait écrabouiller un peu plus. Comme ton gâteau, j'ai bien peur. Je suis tombé dessus en sautant du monte-charge. J'ai du glaçage partout sur le devant de ma chemise, regarde.

— Oh Kevin! s'écria Debbie en me sautant au cou à son tour.

Un peu plus tard, Melvin et Glory ont ramené Spazz. Celui-ci paraissait encouragé; Glory, inquiète.

— John de Marco a raccroché au nez de Glory, nous a appris Spazz, une fois que le monte-charge est redescendu. Il considère que c'est un canular. Il insiste pour dire qu'il sait exactement où se trouve Billy T et a menacé d'appeler la police, si elle téléphone à nouveau. Glory m'a passé l'appareil et il m'a dit d'aller me faire pendre. J'ai essayé de convaincre Glory au retour en lui parlant du mariage de Billy T. Elle n'a rien voulu savoir, mais je pense qu'elle commence quand même à se poser des questions. D'autant plus que John de Marco se fiche éperdument de moi et refusera de payer une cenne.

On a passé l'après-midi assis par terre à bavarder, surtout au sujet de l'école. Il n'y avait guère d'autres sujets de conversation. On n'avait pas trouvé d'autres façons de s'évader. Glory et Nosh n'avaient pas remarqué notre corde. Elle avait dû rester prise à un des côtés du monte-charge où on ne pouvait pas la voir; le reste s'était enroulé autour de moi sur le toit. Je m'en étais défait dès que Lorraine avait eu fini de m'embrasser et elle était maintenant cachée sous les couvertures.

Ensuite, on a mangé les poissons-frites que Melvin nous avait apportés pour le dîner. C'était emballé dans du papier journal avec un collant qui disait *La vieille maison des poissons-frites*, mais sans adresse cette fois pour nous aider à identifier exactement où nous nous trouvions. On était quand même sûrs d'avoir bien deviné tout à l'heure.

— Hé! regardez donc ça! a dit Lorraine. Sur le journal, on parle encore de Billy T.

On s'est vite groupés autour d'elle.

— La manchette mentionne que Billy T a été aperçu en Martinique.

— Lis! ai-je ajouté en perdant patience.

— Pas si vite. Y a de la graisse dessus. C'est pas facile à lire. O.K., on peut lire: «La rumeur court que Billy T Banko se serait marié en Martinique, dans le village de Le Marin, de bonne heure, ce matin. Nous ne possédons pas d'autres détails, mais on nous apprend de bonne source qu'un permis de mariage a été émis au nom d'un William Becker, nom de baptême de Billy T Banko. Aucune mention n'a été faite du nom de la mariée.» C'est déchiré après ça... une minute.

Elle alla fouiller parmi les restes du journal qui avait servi d'emballage.

— En voici encore, a-t-elle dit, en continuant sa lecture: «...a été contactée à Atlanta où elle enregistre présentement un album. La vedette rock n'avait rien à ajouter, sinon que M. Banko et elle n'avaient plus d'attaches sentimentales. Elle savait que le mariage avait probablement eu lieu et désirait offrir ses félicitations à M. Banko et à son épouse, si la rumeur s'avérait exacte.»

— Ça, c'est Nirvana Nyx, a souligné Spazz. Y a-t-il autre chose?

— Seulement une nouvelle version d'une partie de l'article paru dans l'édition du matin. Ça dit en haut de la page que c'est une édition du début de l'après-midi. On doit absolument montrer ça à Glory! Elle va être obligée de nous croire à présent! Faisons-la monter tout de suite! D'ailleurs, c'est l'heure de descendre.

Lorraine est allée à la cage du monte-charge. On l'a rejointe et on s'est mis à crier à tue-tête. Quelques minutes plus tard, le monte-charge démarrait. Melvin était le seul passager.

— Bon, qu'est-ce qu'il y a encore? Vous devenez de vraies pestes. Je suppose que vous voulez aller aux toilettes?

— Oui, a déclaré Lorraine. Mais il y a quelque chose de plus important que ça. Regarde ici.

Melvin n'avait pas ouvert la grille du monte-charge, de sorte que Lorraine a dû lui passer les bouts de journal au travers.

— C'est quoi ça?

— Du papier journal qui servait d'emballage aux poissons-frites que tu nous as apportés. Lis!

— Ça prouve que je ne suis pas Billy T Banko, a affirmé Spazz. C'est le journal de cet après-midi.

— Ouais? Encore un de vos mauvais tours, hein? (Il regardait les bouts de journal avec suspicion, sans les lire.)

— Pour l'amour! s'est exclamée Debbie, lis-le donc! Qu'est-ce que tu penses, qu'on a imprimé ça nous autres mêmes?

— Toi là, fit-il en pointant Lorraine du doigt, viens avec moi.

On était très excités en attendant son retour et persuadés que notre séquestration était sur le point de se terminer. Quand elle est revenue avec Melvin, on l'a tous entourée.

— Est-ce que Glory nous croit maintenant?

— Elle prétend que ce n'est qu'une rumeur. Elle veut attendre la sortie des éditions du soir. Elle nous reparlera alors. Après le souper probablement.

— Qu'est-ce qu'elle attend au juste? a demandé Spazz. Qu'est-ce qu'il lui faut comme preuves additionnelles? Qu'en pense Melvin?

— Il est d'accord avec Glory. C'est elle qui décide. On va juste devoir attendre.

Les heures se traînaient interminablement. On est allés à la salle de bains, et ensuite Glory est arrivée accompagnée de Melvin qui portait notre souper. Encore de la pizza. On pouvait deviner juste à l'odeur.

— Ces gens-là ne croient pas beaucoup à la variété, a commenté Debbie.

On a tout de suite remarqué les journaux que Glory avait sous le bras. On n'en pouvait plus d'attendre. Melvin nous a lancé les boîtes de pizza sur le plancher.

Glory avait un drôle de regard pétillant. Elle a ouvert un des journaux.

— Bon, écoutez. Nous commençons à penser que nous nous sommes peut-être trompés au sujet de notre ami ici, dit-elle en pointant Spazz. Je ne suis pas encore convaincue, mais son agent ne veut pas payer, de toute façon. Avec elle (cette fois elle indiquait Debbie), on sort peut-être gagnants!

— Que voulez-vous dire? ai-je demandé.

— Si vous êtes persuadés que Spazz n'est pas Billy T, vous n'avez aucune raison de nous garder. On vous a dit qu'on était seulement des élèves bien ordinaires! s'est plainte Lorraine.

— Je ne le pense pas. Pas elle, en tout cas. Ce n'est pas ce que disent ces journaux. Celle que nous avons ici n'est nulle autre que l'héritière des Brasseries Vista-Broue.

Debbie retint son souffle.

— Son père devrait pouvoir nous trouver un peu d'argent, vous ne pensez pas? Et si en plus Billy est bien Billy, on aura frappé le gros lot. Je vous reparlerai une fois que j'aurai pu réfléchir. Bon appétit.

— Un instant, ai-je rétorqué. De quoi parlez-vous? De quoi parle-t-elle, Debbie?

Debbie ne disait rien. Elle s'était soudain transformée en statue.

— Tenez, a renchéri Glory. Si vous êtes vraiment des élèves du secondaire, comme vous le prétendez, vous pouvez lire ceci vous-mêmes. Ce sera votre lecture de chevet.

Elle nous lança les journaux sur le plancher, ferma bruyamment la grille du monte-charge et redescendit avec Melvin.

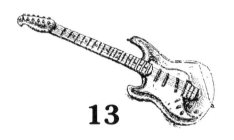

13

On a tous dévisagé Debbie.

— C'est vrai ce que Glory a dit? lui a demandé Lorraine. Je veux dire, que ton père est le propriétaire des Brasseries Vista-Broue?

Debbie hocha la tête.

— Mais si t'es si riche que ça, pourquoi vas-tu à une école aussi ordinaire que Le Carrefour? a poursuivi Lorraine. J'ai toujours pensé que tous les enfants de riches allaient à l'école privée.

Debbie se laissa glisser sur le plancher et elle mit sa tête dans ses mains.

— Ç'a été mon choix, a-t-elle admis. Et je ne suis pas si riche que ça.

— Mais ton père est bien le propriétaire des Brasseries Vista-Broue? a insisté Spazz. Je n'ai jamais su ça.

— Je ne l'ai pas crié sur les toits. Mais, d'un autre côté, moi non plus je ne sais pas ce que font vos parents. Est-ce que je devrais?

— Je suppose que non, a marmonné Spazz.

— Mon père n'est pas le seul propriétaire, a continué Debbie, presque à voix basse. Mais il est le principal actionnaire. Je ne me considère pas comme une enfant de riches. D'accord, on vit bien et j'aurais pu aller à une école privée. C'est ce que mon père aurait voulu. Moi pas. J'aime être au Carrefour.

Pendant que Debbie parlait, j'avais ramassé un des journaux, un tabloïd, *Le Potineur*. En manchette à la une, on pouvait lire: DISPARITION DE LA FILLE DU PROPRIÉTAIRE D'UNE BRASSERIE LOCALE. Sous la photo de Debbie, un bas de vignette posait la question: SERAIT-ELLE LA MYSTÉRIEUSE ÉPOUSE DE BILLY T BANKO?

J'en suis resté bouche bée.

— Où est-ce qu'ils prennent tout ça? ai-je murmuré.

Spazz et Lorraine ont regardé par-dessus mon épaule.

157

— Ils ont mis ta photo dans le journal! s'est écriée cette dernière. Comment ont-ils pu l'avoir?

Debbie se leva d'un bond.

— Je ne sais pas où ils l'ont prise, mais c'est la photo de l'album de fin d'année du secondaire 2. Papa ne la leur aurait jamais donnée! Laissez-moi lire.

J'ai tendu le journal à Debbie. Spazz a ramassé l'autre.

— Comment ont-ils pu écrire des choses pareilles! s'est exclamée Debbie, outrée. Ils disent que je suis peut-être partie épouser Billy T! Selon l'article, de nombreux témoins m'ont vue me sauver du Ritz, tard dans l'après-midi de vendredi, avec la star du rock. Quoi! Écoutez ça: «Judith Filion, une amie intime de la jeune disparue, a confié au *Potineur*: On était tous en train de célébrer l'anniversaire de Debbie, à l'hôtel, quand Billy T et son entourage sont passés en coup de vent dans le hall. Debbie était dans les bras de Billy T. Je ne savais même pas qu'elle était une de ses fans. Je sais bien qu'on peut avoir un coup de foudre, mais selon moi, ils avaient tout planifié.»

— Comment a-t-elle pu dire ça! Qu'on avait tout planifié! Mon amie intime... plus maintenant, en tout cas. Quelle idiote que cette Judith Filion! s'est écriée Debbie en déchirant le journal en petits morceaux.

— Typique du *Potineur*, ai-je ajouté. Ils inventent tout le temps des histoires. Judith n'a probablement rien dit de tout ça.

— *La Chronique* ne va pas aussi loin, renchérit Spazz. Ils disent simplement que tu as peut-être disparu, sans confirmer ni nier le fait...: «La jeune fille de dix-sept ans...» Je pensais que tu en avais seize, pas dix-sept?

— J'ai seize ans, a répondu Debbie un peu fâchée. Ces journaux-là n'ont pas l'air d'être capables de rien écrire sans se tromper!

— «La jeune fille de dix-sept ans, a repris Spazz, fille du propriétaire des Brasseries Vista-Broue, a peut-être quitté son dîner d'anniversaire, vendredi, à l'hôtel Ritz, avec Billy T Banko, le chef du groupe *heavy metal* Vautour Noir. Dans une édition antérieure, *La Chronique* rapportait savoir de source sûre que la vedette rock s'était mariée, tôt ce matin, en Martinique. Le journal n'avait pu confirmer les faits et n'avait, par ailleurs, pu contacter le père de la jeune fille. M. et Mme Dobrazynski sont divorcés.»

— Est-ce qu'il leur faut tout révéler? s'est offusquée Debbie, furieuse.

— Du calme, Debbie! lui ai-je dit, voyant qu'elle en avait gros sur le cœur.

— Me calmer! Il y a trois minutes, on sortait d'ici. On avait réussi à leur prouver que Spazz n'était pas Billy T. Et maintenant, c'est pour moi qu'ils veulent de l'argent. Me calmer! Je suis hors de moi. Pauvre papa.

— Ça va aller, Debbie, a déclaré Lorraine. On est tous ensemble dans cette affaire-là. On va trouver moyen de s'en sortir.

— Ouais, fit Spazz, en la taquinant. Au moins toi, tu pourras leur prouver que t'es pas circoncise.

À cette réplique, on s'est tous fendu les côtes.

— Idiot, va! dit Debbie en le serrant dans ses bras et en riant comme nous.

La musique se fit entendre d'en bas. Spazz alla écouter au bord de la cage du monte-charge.

— C'est ni une radio ni une cassette qu'on entend. Écoutez bien. Je pense que c'est Glory qui chante.

On est tous allés rejoindre Spazz pour écouter. C'était une voix claire de femme qui montait vers nous par la cage, accompagnée d'instruments.

— C'est fameux! fit Spazz. Elle est vraiment bonne et le claviériste aussi.

Spazz avait raison. La toune que chantait Glory – si c'était bien elle – était formidable. La musique avait beaucoup de rythme. On avait envie de se mettre à danser en l'écoutant.

— C'est quoi, donc, cette chanson-là? La connais-tu, Spazz? a demandé Lorraine.

— Non, je ne l'ai jamais entendue.

La musique s'est arrêtée. Après une pause, elle a recommencé. La chanteuse a repris là où elle s'était arrêtée. Puis, elle a cessé de nouveau et la musique a diminué, puis a recommencé.

— On dirait qu'ils répètent, dit Spazz.

— C'est très divertissant, ai-je ajouté, mais qu'est-ce qu'on fait à présent? Glory a précisé qu'elle nous reparlerait une fois qu'elle aurait eu le temps de réfléchir. Je pense plutôt qu'elle voulait dire quand elle aurait décidé quoi faire. On devrait essayer de deviner ce qu'elle va concocter et penser à ce que nous ferons à ce moment-là.

— Kevin a raison, a approuvé Lorraine. Qu'est-ce que tu penses qu'ils vont faire, toi, Kevin?

— Je ne suis pas sûr. Mais ils pourraient très bien appeler le père de Debbie en lui disant qu'ils ont sa fille et lui demander une rançon. Il les croira – à l'encontre de l'agent de Billy T pour Spazz. Le père de Debbie sait qu'elle a disparu, mais je doute qu'il ait cru l'histoire selon laquelle elle s'est sauvée avec Billy T pour l'épouser.

— Je ne connais personne qui croirait ça, dit Debbie, en crachant de mépris, sauf peut-être Judith Finch.

— Ou les policiers, a fait remarquer Lorraine. Ils ont même aidé nos kidnappeurs à fuir. Ils vont être trop embarrassés pour l'admettre, alors ça va peut-être leur donner envie de croire que tu t'es sauvée avec Billy.

— Nos kidnappeurs ne vont pas pouvoir appeler papa, par contre, a souligné Debbie. Nous ne sommes pas inscrits dans le bottin.

— Ils pourraient envoyer un mot chez toi, à condition de savoir où tu habites, ai-je supposé. Ou en laisser un à un journal ou à un poste de radio.

— S'ils envoient une note écrite, ça peut mettre un temps fou avant qu'il se passe quelque chose, a émis Lorraine. Est-ce qu'on va rester assis à ne rien faire?

— Je ne veux voir personne descendre dans cette cage-là, en tout cas! renchérit Debbie. Surtout pas à cause de moi. C'est trop dangereux!

— On pourrait peut-être sauter sur Nosh, s'il monte seul, a suggéré Lorraine. Debbie lui plaît. Elle pourrait l'attirer en dehors du monte-charge. On pourrait le mettre K. O. et prendre sa place.

— Ah oui? s'est moqué Spazz. Et après? Descendre pour trouver Melvin et Glory en train de nous attendre, pistolet au poing?

La musique avait changé de tempo et Glory chantait quelque chose de plus lent.

On s'est rassis par terre pour réfléchir, mais je me suis bientôt rendu compte que j'écoutais les paroles de la chanson et la voix douce de Glory. Les autres aussi l'écoutaient.

Faut être cool
Quand ça tourne mal
Faut être cool
Faut être cool
Être cool, *c'est ça ma chanson.*

S'énerver
N'arrangerait rien
Ne m'aiderait pas
À vivre ce jour
Et si jamais on t'accuse
Je te ferai confiance
Je suis cool *à ma façon.*

Je suis peut-être dingue
Mais je suis cool
À ma façon.

— Elle chante drôlement bien! s'est exclamée Lorraine à la fin de la chanson.

— La chanson elle-même est super, a renchéri Spazz. Je me demande qui l'a enregistrée? Est-ce que quelqu'un ici l'a jamais entendue?

On a tous secoué la tête. La chanson suivante était une ballade, à propos d'un vieil homme qui essayait de se rappeler sa jeunesse. On a écouté, oubliant tous nos projets d'évasion. On était pris par la musique et la voix de Glory:

Des enfants qui construisent
Des châteaux de sable
Ornés de capsules de bouteilles
Et de bouts de papier
Trouvés près du kiosque
À hot-dogs

Et sur leurs serviettes de plage
Aux couleurs vives,
Superbes et basanés
Les amants et les esseulés
Attendent la terre promise
Promise à la radio
Les vieux, eux, n'attendent plus rien.

Et, debout sous les arbres,
Un vieil homme ressasse ses souvenirs

164

Ses yeux qui ne la voient pas
Regardent la plage
Où, jadis, il tenait
Le seul magasin
Il s'en souvient bien
Le vieil homme du motel délabré de la
[plage

C'est l'été, de nouveau, sur la plage
Mais rien ne sera jamais plus pareil
Les enseignes au néon qui clignotent
Jouent avec le temps dans la tête du vieil
[homme.
Et les lieux paisibles de l'esprit
Se transforment en cirque de lunatiques.

La musique s'arrêta.

— Quelqu'un vient! ai-je annoncé, comme on entendait le monte-charge.

Glory et Nosh étaient dedans. Glory repoussa la grille.

— On n'a pas pu trouver ton numéro de téléphone, Debbie, puisqu'il est confidentiel. Tu vas donc devoir venir téléphoner. Désolée.

— C'est toi qui chantais? a demandé Spazz.

— Oui, a répondu Glory d'un air gêné. Tu as aimé?

— T'étais super, a-t-il déclaré.

— Merci. Dommage que les compagnies de disques ne soient pas du même avis. Qu'importe, ça me remonte le moral de chanter avec les gars. Peut-être que si on réussit à se faire un peu d'argent avec cette histoire, Nosh, Melvin et moi pourrons aller à Los Angeles recommencer à neuf, essayer encore une fois.

— Qui est le claviériste?

Je me demandais où Spazz voulait en venir. Il essayait de gagner du temps ou quoi?

— C'est Nosh, a-t-elle dit. C'est mon principal instrumentiste. Il n'est peut-être pas trop vite pour autre chose, mais il sait jouer. (Nosh baissa la tête, rougissant jusqu'aux oreilles.) Melvin est notre bassiste. Mais assez jasé. Viens-t'en, Debbie.

Debbie entra dans le monte-charge et Glory ferma la grille derrière elle.

Dès qu'elles furent reparties, je me suis tourné vers Spazz:

— Qu'est-ce que t'essayais de faire? Avais-tu quelque chose en tête?

— Non, a répondu Spazz, je m'intéressais seulement à la musique. Ils sont formidables.

— J'ai cru qu'en parlant ainsi tu attendais le moment de sauter sur Nosh et Glory.

— Non. Je regrette.

J'aurais dû savoir que Spazz pensait seulement à la musique.

On s'est remis à attendre. Ça nous a paru long avant qu'ils ramènent Debbie.

— Qu'est-ce qui s'est passé? a demandé Lorraine.

— Pour commencer, j'ai pensé refuser de téléphoner. Mais je savais que papa s'inquiéterait. J'ai composé le numéro, mais Glory m'a aussitôt arraché le combiné. Elle a dit: «Nous détenons votre fille Debbie, monsieur Dobrazynski. Ne vous inquiétez pas. Elle va bien. Nous ne lui ferons aucun mal.» Papa a dû lui demander alors de lui prouver qu'il ne m'était rien arrivé, parce que Glory m'a passé l'appareil. J'ai essayé de lui donner un indice au sujet de notre emplacement, mais je n'ai pas pu dire grand-chose, avec Glory tout oreilles, à côté de moi.

— Que lui as-tu dit?

— Que j'allais bien. Qu'on ne m'avait pas fait de mal.

— Où est l'indice là-dedans? a rétorqué Lorraine.

— Je l'ai appelé Woofie.

— Woofie? a répété Spazz.

— C'est le nom de la compagnie de nourriture pour chiens.

— T'appelles ton père du nom d'une nourriture pour chiens? fit Spazz, interloqué.

— Arrête, Spazz, s'impatienta Lorraine. Laisse-la au moins raconter.

— J'ai dit quelque chose comme: «Oh Woofie! C'est moi, Debbie. Je vais bien. Ils me traitent bien. Je t'aime, Woofie.» C'est là que Glory m'a repris le téléphone. Elle a dit à papa de ramasser cinquante mille dollars et qu'elle rappellerait plus tard. Ensuite, elle a raccroché.

— Hmm. Ils demandaient deux cent mille pour moi, a fait remarquer Spazz.

— Arrête, Spazz! s'est indignée Lorraine.

— Bien joué, Debbie! l'ai-je félicitée. Ton père a-t-il ajouté quelque chose quand tu l'as appelé Woofie?

— Non, mais il va se demander pourquoi je l'ai appelé par ce nom-là. Et il va savoir que c'est un indice. Mais Glory m'a questionnée: «Qu'est-ce que c'est que ce Woofie?» Je lui ai dit que c'était le petit nom doux que je donnais à papa. Je pense qu'elle m'a crue, mais je n'en suis pas sûre. À moins qu'elle ne s'aperçoive que la compagnie de nourriture pour chiens se trouve à un coin de rue d'ici.

— Ah, je comprends! a fait Spazz, sourire aux lèvres.

— Bravo, Spazz! Lorraine et moi avons-nous crié à l'unisson.

— Mais s'ils se rendent compte de ce que tu as fait, ils pourraient paniquer, a renchéri Lorraine. S'ils pensent que la police va s'amener, ils pourraient ne pas vouloir attendre, et nous changer d'endroit.

— Peut-être qu'ils vont nous régler notre compte! a soulevé Spazz.

— Oh non, pas ça! s'exclama Debbie.

— Attendons voir, c'est tout ce qu'on peut faire. À moins d'imaginer un autre plan.

— Comme quoi? a demandé Lorraine.

— C'est un peu risqué, ai-je dit. C'est une question de coordination.

— Quoi?

— Tu te souviens de quelle façon j'ai sauté du monte-charge à la pièce?

— Pas ça encore! a gémi Debbie.

— Attends! ai-je rétorqué. Je ne propose pas qu'on descende tous par le monte-charge. Mais on pourrait sauter sur le dessus quand il va commencer à descendre et, une fois à l'étage au-dessous, on s'élancerait dans la pièce. C'est une question de coordination, comme j'ai mentionné. La partie la plus difficile, ce serait de sauter tous ensemble avant que le monte-charge ait dépassé l'ouverture de l'étage.

— C'est trop dangereux! a décrété Debbie. J'ai eu cette horrible vision de toi te faisant écrabouiller entre le dessus du monte-charge et le toit. Tu as eu de la chance. Il y avait juste assez de place pour toi. Mais avec nous tous...

— On sauterait seulement dessus quand il descendrait, puis on sauterait ensemble pour atterrir dans la pièce au-dessous. Ensuite, on essaierait les portes, on trouverait les escaliers, et on ficherait le camp. Ils ne peuvent pas s'être donné la peine de condamner toutes les portes. Et une fois arrivés à l'étage au-dessous, on attendrait qu'ils soient endormis avant de nous échapper par les escaliers.

— Et si on manquait notre coup? a répliqué Lorraine. Si on sautait trop tôt ou trop tard en arrivant au quatrième? J'aime pas tellement l'idée de m'écrabouiller le visage contre le haut d'un cadre de porte ou les parois de la cage du monte-charge.

— On pourrait s'exercer, ai-je suggéré. Regardez. Si on joignait les bras et si on comptait, on pourrait s'exercer à sauter. Essayons!

On s'est mis en rang d'oignons, bras dessus, bras dessous.

— À trois, ai-je dit, imaginez que le monte-charge vient de descendre juste au-dessous du niveau de notre étage. Un, deux, trois!

On a tous fait un saut en avant sur le plancher.

— À présent, lâchez prise, retournez-vous et remettez-vous ensemble. C'est pas mal. Encore une fois.

On s'est exercés plusieurs fois.

— L'important serait d'éviter de sauter trop tôt, ou bien ils nous verraient, a dit Lorraine. Le haut du monte-charge devra avoir atteint le niveau du plancher, ici, avant que nous sautions.

— Il ne faudrait pas attendre trop tard non plus, a ajouté Spazz. Autrement, on sauterait de trop haut, on perdrait l'équilibre, et on ne pourrait probablement pas se retourner assez vite pour être prêts à sauter dans l'ouverture du quatrième.

— Comme je l'ai dit, c'est une question de coordination. Il faudra baisser la tête aussi en sautant. Qu'est-ce que vous en pensez? ai-je demandé. Ils doivent encore venir nous chercher pour aller aux toilettes. On pourrait s'essayer quand ils ramèneront le dernier d'entre nous.

— Je ne sais pas, a rétorqué Debbie. Ça me paraît dangereux. Le seau pourrait également poser un problème. Attendons plutôt de voir si la police arrive, si papa leur a donné l'indice.

— Ou que Glory fasse le même raisonnement et décide de nous déménager ailleurs. On pourrait se trouver au beau milieu d'une fusillade, émit Lorraine. Je ne suis pas tellement sûre que ces policiers-là tirent juste. Exerçons-nous encore.

— Ils se rendraient peut-être compte qu'on a sauté, a répliqué Spazz. Ils pourraient nous entendre ou notre poids pourrait faire rebondir le monte-charge.

— C'est possible, ai-je admis. Exerçons-nous encore quand même. Je ne connais pas de meilleure excuse pour enlacer deux jolies filles.

14

On décida de jouer le tout pour le tout.

J'étais le dernier à descendre aux toilettes. Chaque fois que Glory et Nosh étaient venus dans le monte-charge, ils avaient trouvé les trois qui restaient bras dessus, bras dessous, en rang serré, au bord de la cage du monte-charge. Aux yeux de Glory et de Nosh, on devait avoir développé un lien de solidarité ou bien on avait une folle envie d'aller aux toilettes.

Ce qu'on faisait, évidemment, c'était s'exercer à sauter chaque fois que le monte-charge redescendait. Je trouvais qu'on se débrouillait pas mal, mais on devait avoir l'air assez coupable quand le monte-charge revenait.

Quand ç'a été à mon tour de descendre, j'ai bien étudié la manière dont le monte-charge fonctionnait. Glory tirait sur un levier qui semblait contrôler le départ et l'arrêt, mais pas la vitesse. En bas, on s'est arrêtés quelques centimètres au-dessus du niveau du rez-de-chaussée. Glory a joué avec le levier pour aligner le monte-charge à l'étage.

Melvin, assis sur une chaise, jouait tranquillement de la guitare. Il avait l'air content. Il a levé les yeux et il m'a souri quand je suis passé pour aller aux toilettes. Un petit clavier était posé sur la table et une autre guitare était adossée à une chaise. Bien que j'aie eu envie de prendre mon temps pour revoir chacun de nos gestes, je n'osais pas trop m'attarder dans la salle de bains. Je savais que, plus je prenais mon temps, plus les autres s'inquiéteraient et s'énerveraient. Mais c'était moi qui devais sortir du monte-charge et me mettre tout de suite en position de sauter. Si je tardais trop, on ne réussirait pas.

En remontant, j'ai essayé d'évaluer la vitesse du monte-charge. De combien de temps disposions-nous entre chaque étage, particulièrement entre le cinquième et le quatrième? Il n'avait pas l'air d'aller très vite, mais assez vite, tout de même, si on ne sautait pas au bon moment.

Glory paraissait préoccupée en descendant et en remontant. Elle se taisait. Nosh fredonnait, de bonne humeur. En dépassant l'ouverture du quatrième, mon cœur battait à tout casser. Dès que Glory aurait ouvert la grille, il me faudrait sortir au plus vite, pour rejoindre les autres et attendre qu'elle referme la grille et que le monte-charge commence à redescendre.

On est arrivés à notre étage. Les autres étaient toujours là, bras dessus, bras dessous, mais ils s'étaient rapprochés du monte-charge et ils dansaient. Lorraine chantait: «On danse le *hokey-pokey* et on fait un tour...» Ils se sont arrêtés à mon arrivée. Je me suis dit qu'ils voulaient juste avoir l'air naturel, comme s'ils s'amusaient bien.

Glory a ouvert la grille et j'ai marché les quelques pas qui me séparaient des autres. Je me suis alors retourné pour faire face au monte-charge.

J'ai souri, en disant:

— Qu'est-ce que c'est que ce *hokey-pokey*? Comment ça se danse?

J'ai passé mon bras droit autour de la taille de Lorraine, et on a tous été enlacés. Debbie était aux côtés de Lorraine, et Spazz, à l'autre bout. Spazz avait fourré notre corde de fortune dans son veston, au cas où on en aurait besoin plus tard.

J'avais les yeux rivés sur la grille du monte-charge, attendant que Glory la referme et se mette à redescendre. Mais elle ne l'a pas fait. Pas tout de suite en tout cas. Elle avait la main sur la grille comme si elle était sur le point de la fermer, mais elle ne bougeait pas. Elle a commencé à dire quelque chose, puis elle s'est arrêtée, et ensuite elle a refermé la grille. Elle a eu l'air de vouloir nous parler, mais elle a encore changé d'idée. Elle a tiré sur le levier et le monte-charge s'est mis à redescendre. Nosh nous a souri et nous a salués de la main en partant.

On s'est encore rapprochés de la cage du monte-charge, pour le voir redescendre, le cœur battant. La descente semblait se faire plus lentement, mais je me trompais probablement. Comme le dessus atteignait le niveau de notre étage, j'ai murmuré:

— Prêts? Doucement... Allons-y!

Et on a sauté.

J'ai entendu une des filles murmurer, mais notre coordination était parfaite. Une chance qu'on s'était exercés. On a vacillé un peu en se désenlaçant. Puis on s'est retournés et on s'est enlacés de nouveau. Les parois de la cage du monte-charge nous semblaient défiler à toute allure. J'ai jeté un coup d'œil à gauche. Tout le monde était accroupi comme on l'avait répété, tête basse, prêt à sauter en avant quand l'ouverture du quatrième étage serait assez grande devant nous. Le haut de l'ouverture est apparu. J'ai senti tout le monde se raidir, prêt à sauter.

Il y a eu un sursaut du monte-charge, et on s'est fait un peu secouer. Le monte-charge s'était soudainement arrêté. J'ai regardé dans les yeux terrifiés de mes copains. Seulement un demi-mètre de l'ouverture du quatrième étage était visible. Pas question de sauter. Si le monte-charge bougeait pendant qu'on tentait de le faire, on serait écrasés entre ce dernier et le chambranle de l'ouverture... Et si on arrivait quand même à s'en tirer, on se retrouverait face à face avec Glory et Nosh.

On a attendu pendant ce qui nous a paru des heures. Puis, le monte-charge s'est remis à bouger. Vers le haut!

À mes côtés, Lorraine levait des yeux terrifiés vers le toit de la cage du monte-charge qui approchait, et je l'ai entendue souffler:

— Oh non!

— Gardez la tête baissée, ai-je chuchoté, au désespoir. Préparez-vous à sauter à notre étage.

L'instant d'après, il m'a semblé que nous y étions. J'avais envie de sauter avant que le dessus du monte-charge arrive à l'ouverture. Ça serait dangereux. Si l'un de nous trébuchait, on tomberait tous et on se ferait écraser avant de pouvoir se relever. Mais on ne pouvait pas trop attendre, non plus. Sauter trop tôt ou trop tard aurait donné le même résultat.

On ne pouvait plus attendre.

— Maintenant! ai-je soufflé.

On a sauté et, au même moment, le monte-charge a stoppé. On est tous tombés les uns sur les autres.

Comme nous nous relevions, Glory fit monter le monte-charge petit à petit jusqu'à ce qu'il arrive au niveau du plancher.

Nosh et elle nous regardaient à travers la grille, sans qu'elle l'ouvre, cependant.

— Ça va? nous a demandé Glory, d'une voix inquiète. Je pensais que vous étiez sur le monte-charge, mais je n'étais pas certaine. J'avais peur que vous vous fassiez écraser. C'est pourquoi je l'ai arrêté avant qu'il aille jusqu'en haut. Je vous en prie, ne faites plus ça! Vous n'aurez pas à le faire de toute façon. J'ai décidé de vous relâcher.

— Vraiment! s'est exclamée Debbie avec soulagement.

— Tout le monde? ai-je demandé.

— Oui, tout le monde. J'allais vous le dire au moment où je suis partie, mais j'ai décidé d'abord d'avertir Melvin. Vous avez sauté sur le monte-charge. On a senti un coup. Il a fallu que je vous remonte. Je ne voulais pas vous voir vous blesser alors que vous essayiez de fuir.

— Qu'est-ce qui vous a décidé à nous laisser partir? a questionné Spazz.

— Ce n'était pas juste. Quand on croyait que tu étais Billy T, j'ai pensé qu'on pourrait obtenir de l'argent et que ça ne serait pas plus grave que ça. Que représentent quelques milliers de dollars pour Billy T? Son dernier tube a rapporté deux millions et on prédit que le prochain en rapportera cinq. Quand on a vu que tu n'étais qu'un gars comme les autres, ça a tout changé. Ensuite, on a appris que Debbie était une enfant de riches, alors on a pensé qu'il y avait peut-être encore une chance que notre rêve se réalise. Mais ce n'est pas bien, et ça ne marchera pas. Attendez, s'il vous plaît, que j'aille chercher Melvin. Je vais le ramener et on pourra parler. Promettez-moi de ne plus sauter sur le monte-charge.

— O.K., ai-je dit, on vous le promet. (Les autres ont hoché la tête.)

— On revient tout de suite, a ajouté Glory, alors qu'ils redescendaient.

— Penses-tu que c'est une astuce? a demandé Lorraine. Est-ce qu'ils vont vraiment nous laisser partir? Ils vont peut-être foutre le camp et nous laisser là...

— De toute façon, on va bientôt être libres, ai-je dit. Même s'ils s'en vont, on nous trouvera sûrement, d'ici lundi. On peut faire du tapage et attirer l'attention.

— Je ne suis pas sûre de pouvoir leur faire confiance, a déclaré Lorraine. Je gage qu'ils ne vont pas revenir, ou bien c'est juste une manœuvre pour leur donner plus de temps pour aller chercher l'argent chez le père de Debbie.

— Tu te trompes, a rétorqué Spazz. Le monte-charge s'en vient.

Melvin, Nosh et Glory s'y trouvaient. Ils en sont tous trois sortis.

— On veut vous demander une grosse faveur, a déclaré Glory.

— Melvin est-il d'accord pour nous laisser partir? ai-je voulu savoir.

— Oui, on est tous d'accord. Et on regrette de vous avoir fait passer un mauvais moment.

— Pourquoi l'avez-vous fait alors? a glapi Lorraine.

Glory paraissait nerveuse. Elle se mordillait la lèvre.

— On a un rêve. Depuis longtemps. On a toujours été plus ou moins fauchés. Il nous a toujours fallu économiser sur tout, se priver. Nos seuls biens qui ont de la valeur, c'est nos instruments. Quand nos parents sont morts, c'est la musique qui nous a gardés ensemble. Notre père était un musicien des rues. C'est lui qui nous a appris à jouer.

— Alors, Melvin et Nosh sont vos frères? a demandé Debbie.

— Oui, a répondu Glory. Melvin a quatre ans de plus que Nosh et Nosh a deux ans de plus que moi. C'est Melvin qui nous a élevés, Nosh et moi, à la mort de nos parents.

— Vous avez eu de la misère, d'accord, a dit Lorraine. Mais ça ne vous donne quand même pas le droit de kidnapper les gens.

— On le sait, a admis Glory. On a fait une erreur. Une grave erreur.

— Écoutez, on ne vous voulait pas de mal, a émis Melvin. Moi et Nosh, on voulait seulement aider Glory. C'est tout.

Nosh a souri, puis il a baissé la tête.

— En nous pointant vos pistolets dans le visage? Comment pensez-vous qu'on s'est sentis? s'est indignée Lorraine, d'une voix furieuse.

— C'était pas des vrais pistolets! a précisé Melvin.

— Pas des vrais...! me suis-je exclamé. Alors on aurait pu se sauver facilement!

— Comment pouvait-on le savoir? a demandé Debbie.

— On ne vous aurait pas fait de mal, nous a assuré Melvin. Il fallait jouer les durs pour que vous nous croyiez.

— On vous a crus, a gémi Debbie.

— On voulait juste retenir Billy T un jour ou deux, a continué Melvin. Après qu'on aurait eu l'argent, on serait partis à Los Angeles pour recommencer à neuf.

— Mais pourquoi nous avoir enlevés tous les quatre? questionna Lorraine, toujours fâchée. Et nous avoir laissés ici, les yeux bandés. On aurait pu tomber dans la cage du monte-charge et se tuer.

— On n'est pas des professionnels, a expliqué Glory. On n'a jamais rien fait du genre. Admettons-le, on est des ratés. Des kidnappeurs ratés, des musiciens ratés, des ratés tout court. (Des larmes coulèrent sur ses joues.)

— Tu as fait allusion à une autre chose que Nosh a déjà ratée, ai-je dit. À quoi te référais-tu?

— À rien de précis, a répondu Glory. Quand je leur demande de faire quelque chose, ils ne le font pas toujours comme il faut. On n'a jamais enfreint la loi ou commis un acte criminel, si c'est à ça que vous pensez. On est juste des ratés.

— Pas en musique, en tout cas, dit Spazz. Vous êtes sensationnels!

— Vous pensez? Pourtant on a envoyé des tonnes de rubans; personne ne nous écoute. Il faut avoir un agent pour se faire remarquer. Des fois, les cassettes nous reviennent sans même que le paquet ait été décacheté, avec une simple mention: «Retourner à l'expéditeur».

— Mais les tounes que vous chantiez, elles sont de qui? a demandé Spazz. On ne les avait jamais entendues avant.

— J'ai écrit les paroles et une partie de la musique, a répondu Glory. Melvin et Nosh ont composé beaucoup de musique, eux aussi.

— La toune, là, a dit Spazz. Celle à propos du vieux, qui parle de la terre promise à la radio – est-ce que c'est Los Angeles votre terre promise à vous?

— Oui, je suppose, et peut-être d'arriver à ce que quelqu'un nous écoute.

— Alors comment notre enlèvement allait-il vous aider? a demandé Lorraine.

— On pensait qu'avec un peu d'argent on pourrait se rendre sur la côte ouest, et enregistrer dans un studio haut de gamme. On n'a pas assez d'argent pour ça. Tout ce qu'on a enregistré jusqu'ici, on l'a fait tout seuls. On a même utilisé ce vieil entrepôt comme studio d'enregistrement. Melvin avait réussi à rebrancher l'électricité.

— Mais vous exigiez deux cent mille piastres de l'agent de Billy T! s'est exclamé Spazz. Aviez-vous besoin d'un si gros montant?

— Non, on se serait satisfaits de beaucoup moins. Deux mille dollars auraient aidé. Mais si on avait réclamé cinq mille dollars, par exemple, qui nous aurait pris au sérieux? Avec cinq mille, on aurait pu payer le voyage à la côte, acheter des vêtements neufs, et il nous en serait resté assez pour quelques heures d'enregistrement dans un des studios qu'ils ont là-bas.

— Mais même en vous faisant enregistrer dans un studio professionnel, vous n'auriez aucune garantie de vous faire écouter, ni de faire reconnaître votre talent, a insisté Spazz.

— Je sais, a répliqué Glory. C'était seulement un rêve irréalisable. (Elle redevint muette.)

— Et cette faveur que vous alliez nous réclamer? ai-je demandé.

— Une autre idée de fou. Je... On espérait que, quand on vous relâcherait, vous nous donneriez une heure ou deux avant de nous faire arrêter.

— Tu veux qu'on vous aide à vous échapper?

— Bien oui... On pourrait aller vers l'ouest dans la camionnette de Melvin. On a juste assez d'argent pour payer l'essence, rien de plus.

— Combien de temps penses-tu que la police mettrait à vous rattraper? ai-je demandé.

— Ouais, a renchéri Lorraine. Mais au fait, vous auriez très bien pu ficher le camp et nous planter là. Pourquoi ne l'avez-vous pas fait?

— Je trouvais – et Melvin et Nosh étaient d'accord avec moi – qu'on devait vous dire qu'on regrettait ce qu'on vous avait fait. C'était mon idée d'enlever Billy T, mais je fais parfois des choses idiotes. Alors, on a pensé qu'on vous devait des explications, c'est tout.

— Je vois où tu veux en venir. Vous espérez qu'une fois qu'on vous aura mis la main au collet, nous dirons que vous nous avez fait des excuses, et vous écoperez de moins.

— Non, pas du tout, a protesté Glory qui s'était remise à pleurer. On voulait seulement vous dire qu'on regrettait.

Nosh l'entoura de son bras pour la consoler.

Je me suis tourné vers les autres:

— Qu'en pensez-vous?

— De quoi? a demandé Lorraine.

Nosh consolait toujours Glory. J'ai dit à Melvin:

— Donne-nous une minute.

Et je me suis éloigné avec le groupe pour en discuter.

— Alors, de quoi? a redemandé Lorraine.

— Ben, si on ne bougeait pas pendant une couple d'heures pour leur donner le temps de filer?

— Après tout ce qu'ils nous ont fait endurer? s'est insurgée Lorraine, hors de ses gonds. (Elle paraissait sur le point d'exploser, mais elle baissa la voix.) En nous faisant peur à mort, en nous bandant les yeux, en déchirant le jupon de Debbie, sans mentionner les bas-culottes de ma sœur.

— Les bas-culottes de ta sœur ne sont pas déchirés, juste un peu étirés, ai-je rectifié avec un gros sourire. Nos ravisseurs n'ont rien eu à voir avec ça. C'est moi, le responsable. Tu peux lui en acheter une nouvelle paire en rentrant chez toi. À part ça, ils n'ont pas besoin de notre permission. Ils ont juste à partir et à nous laisser là. Sans le monte-charge, on va moisir ici au moins jusqu'à demain matin.

— Le père de Debbie va lancer la police à leurs trousses. Ils vont se faire attraper de toute façon, a mentionné Lorraine.

— Peut-être, ai-je ajouté.

— Ça serait dommage de voir des talents comme ça aller en prison, a souligné Spazz.

— Quoi! Tu voudrais qu'on les laisse partir? Et même qu'on les aide? s'écria Lorraine qui n'en revenait pas.

J'ai baissé la voix:

— Écoute. Personne ne sait que toi, Spazz ou moi, on a disparu. Il n'y a que Debbie qui l'est officiellement . Son père est au courant. Il attend qu'elle le rappelle. Si, au moment de lui téléphoner, Debbie est libre, il n'y a plus de kidnapping.

— Mais le crime demeure, a persisté Lorraine.

— Je serais d'accord pour les relâcher, a déclaré Debbie. Je ne voudrais pas voir Glory et Nosh aller en prison. Melvin non plus. Lui, il a seulement fait le dur parce qu'il le fallait. Si je peux appeler mon père pour lui dire que je suis saine et sauve, on pourra attendre et leur donner une chance de fuir.

— T'es sérieuse, Debbie! s'est exclamée Lorraine.

— Tout à fait. Je pense que ça ne servirait à rien de les emprisonner. Ils ont fait une erreur et je pense qu'ils méritent d'avoir une autre chance.

— Tu veux dire que tu veux qu'ils s'en tirent sans aucune conséquence?

— Oui.

— En ce qui me concerne, a rajouté Lorraine, si je peux rentrer à la maison avant demain soir et remettre cet uniforme de bonne et les bas-culottes de ma sœur à leur place, personne n'en saura rien.

— Alors, est-ce que nous sommes tous d'accord? ai-je demandé.

Spazz et Debbie ont hoché la tête. Lorraine a haussé les épaules.

— Je ne voudrais pas être la gâcheuse de veillée, mais je paierais gros pour savoir ce que Debbie va dire à son père! Le convaincre qu'elle s'est sauvée avec Billy T, mais que le mariage n'a duré qu'un week-end, ou quoi?

— Je penserai à quelque chose, a répliqué Debbie.

J'ai ramené notre groupe vers les autres.

— On est tombés d'accord pour vous laisser le temps de vous enfuir, mais on aimerait que vous laissiez Debbie téléphoner à son père pour lui dire qu'elle va bien. On va vous laisser le temps de partir, et on a même décidé de faire en sorte que vous restiez libres. Personne ne sait que Lorraine, Spazz et moi manquions à l'appel, et Debbie va inventer une histoire pour son père, de façon que vous ne soyez pas ennuyés. Vous allez devoir nous faire confiance là-dessus.

Glory m'a pris à bras-le-corps et m'a donné un baiser. Ensuite elle a embrassé les autres. Melvin et Nosh nous serraient la main en souriant. Debbie a embrassé Nosh sur la joue et sa bouche s'est fendue jusqu'aux oreilles.

— Venez, nous a dit Glory, on va vous descendre... en bas, je veux dire!

On venait tous de sortir du monte-charge, au rez-de-chaussée, quand on a entendu une voix tonitruante: «Ici la police. Nous entourons l'édifice. Ne faites pas de bêtise. On veut vous parler.»

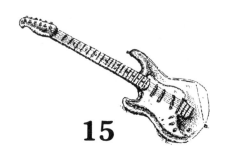

15

— **M**alheur! s'est exclamée Glory. Trop tard. La police est là! Qu'allons-nous faire?

— Il vaut mieux se rendre, a dit Melvin. Qu'est-ce qu'on peut faire d'autre? Pourvu qu'ils ne nous lancent pas de gaz lacrymogène!

Nosh était inquiet et il avait peur.

— On a eu la chance de fuir et on l'a gâchée, a dit Glory. Ils ont dû repérer la camionnette quand on est allés chercher à manger. Mais comment étaient-ils au courant? On ne s'en était pas servi au début. Tu as laissé ma vieille bagnole à des kilomètres d'ici, pas vrai, Melvin?

Melvin fit signe que oui.

— Comment nous ont-ils repérés alors?

— Je pense le savoir, est intervenue Debbie. J'ai donné un indice à mon père, au téléphone. Tu te souviens que je l'avais appelé Woofie? C'est le nom inscrit sur un immeuble près d'ici. Désolée. Je ne savais pas que vous alliez nous relâcher.

«Ici la police, a de nouveau tonné la voix. L'immeuble est encerclé.»

Glory a eu un sourire amer.

— Quand je pense que j'ai été élevée dans ce quartier, a-t-elle fait remarquer. Peut-on être plus stupide! Je connais évidemment l'immeuble Woofie. Comment ai-je pu ne pas comprendre quand tu m'as dit que tu appelais ton papa Woofie! Melvin, tu ferais mieux de leur crier qu'on va sortir. Dis-leur de ne pas tirer. Que nous ne sommes pas armés.

— Attendez! ai-je dit. Je viens de regarder par la fenêtre et il n'y a aucun policier en vue. Est-ce qu'ils ne devraient pas avoir illuminé l'entrepôt avec des projecteurs? Regardez. L'immeuble là-bas est tout illuminé, lui. On ne voit qu'une partie du mur, mais il est brillamment éclairé.

Glory est venue me retrouver à la fenêtre.

— C'est l'immeuble Woofie, a-t-elle dit. Il doit y avoir des policiers partout!

— Mais ne vois-tu pas? ai-je repris. Ils ont cerné le mauvais immeuble, le Woofie à la place de celui-ci! Vous avez peut-être toujours une chance de leur glisser entre les doigts.

— Tu penses? a-t-elle murmuré, d'une voix où perçait l'espoir.

— Où est la camionnette? leur ai-je demandé.

— Derrière la vieille station de pompage, de l'autre côté de l'entrepôt, a répondu Melvin. On peut l'atteindre par une porte de côté.

— La police ne va-t-elle pas dresser des barrages routiers partout? a objecté Lorraine.

— Peut-être, a admis Spazz. Mais l'immeuble Woofie est à une rue d'ici, et ils sont peut-être persuadés qu'on est dedans.

— Il ne faut plus attendre, ai-je insisté. Ça vaut la peine d'essayer. En partant maintenant, vous pourrez peut-être passer avant qu'ils n'entourent tout le secteur d'un cordon de sécurité.

— Attendez! leur a rappelé Debbie. Il faut qu'on vienne aussi!

— Comment? a sursauté Lorraine. Pourquoi?

— Parce que, même si Glory, Nosh et Melvin réussissent à s'échapper, la police va fouiller chaque bâtisse. Ils nous trouveront, et alors comment leur expliquer ce qu'on fait ici? Glory et ses frères seront accusés de quatre enlèvements, au lieu d'un.

— Elle a raison, ai-je dit. Ça va être difficile de concocter une histoire pour persuader la police si on est quatre ici. On perd du temps!

— Ça va être la même chose s'ils arrêtent la camionnette et qu'ils nous trouvent tous les quatre à l'intérieur, a remarqué Spazz.

— Oui, a renchéri Debbie. Mais si on réussit à filer, ça leur donnera une meilleure chance de ne pas se faire arrêter, et moi d'être crue plus tard, si je suis la seule à raconter une histoire.

«Envoyez quelqu'un nous parler, a tonné la voix de nouveau. On doit discuter!»

— On perd du temps. Êtes-vous prêts à prendre le risque de nous emmener avec vous? a demandé Debbie. Il faut vous décider maintenant.

Glory a hoché la tête. Melvin et Nosh aussi. Je les ai houspillés:

— Allons-y, alors, Melvin! Conduis-nous à la camionnette.

— Attendez! intervint Glory. Je ne laisse pas nos instruments ici, quoi qu'il arrive.

Elle s'est saisie d'une guitare, Nosh, du clavier électronique, et Melvin, de l'autre guitare.

— Et les amplis? a fait ce dernier.

— Laisse-les, a décidé Glory.

— Spazz et moi on les apporte, ai-je dit. Allons-y!

On a enroulé les fils électriques et on a soulevé les deux amplificateurs. Lorraine a saisi un micro au vol, et on a suivi Melvin le long d'un passage qui menait à une porte. Il l'a ouverte, a jeté un coup d'œil dehors et nous a fait signe de le suivre. Il faisait nuit noire, et on n'a pas pu voir la petite bâtisse que Melvin avait appelée plus tôt la station de pompage avant qu'on s'y cogne les pieds. La camionnette était stationnée derrière.

Melvin a fait coulisser la portière de côté et Debbie, Lorraine et Glory ont grimpé à bord. Ensuite il a ouvert l'arrière; Spazz et moi avons jeté les amplis à l'intérieur, ainsi que les fils et le micro. Nosh a sauté en arrière, Melvin a claqué la portière et a couru s'installer à la place du conducteur. Spazz et moi sommes montés à toute vitesse sur la banquette avant.

La camionnette a d'abord toussoté quand Melvin a essayé de la faire démarrer, puis le moteur est parti en vrombissant. Le silencieux brillait bruyamment par son absence.

— Conduis lentement, Melvin, ai-je conseillé. On ne veut pas faire de bruit, sinon toute la force policière sera à nos trousses.

Melvin démarra lentement et s'engagea dans une ruelle qui longeait l'arrière de l'entrepôt. Elle aboutissait à une petite rue, et Melvin vira à gauche. Je retenais mon souffle, comme tout le monde, j'imagine, l'oreille à l'affût des sirènes. Nous avions traversé une intersection et étions à mi-chemin de la suivante, quand, devant nous, du milieu de la rue, une lumière a été projetée sur nous.

Spazz s'est exclamé:

— Un policier! Debbie, couche-toi par terre, en arrière!

— Reste calme, Melvin, lui ai-je dit. Ne mets surtout pas la pédale au plancher pour fuir. Il y a une voiture de police au bord de la route, et un autre policier debout à côté.

— Laisse-moi lui parler, est intervenu Spazz. Le policier avec la lampe de poche est de mon côté. Passez-moi vite une des guitares!

Cela fait, Spazz a baissé la vitre, comme on s'arrêtait à côté du policier à la lampe de poche.

J'avais le cœur battant. C'est Spazz qui allait lui parler? Qu'est-ce qu'il pourrait bien

trouver à lui dire pour nous sortir de ce guê-
pier? Pourvu qu'il ne se mette pas à chanter!

— Bonsoir, les amis. Où allez-vous
comme ça? (Le policier a balayé l'intérieur de
la camionnette de sa lampe de poche. J'ai
regardé par-dessus mon épaule. Aucun signe
de Debbie. À l'arrière, derrière Lorraine et
Glory, et entouré des amplificateurs, Nosh
agrippait son clavier.)

— On a un engagement, a expliqué
Spazz en passant son doigt sur les cordes.
Dans un des clubs du centre-ville.

J'ai prié mes grands dieux pour que le
policier ne demande pas à Spazz de lui jouer
quelque chose. Quel club d'ailleurs? Je savais que je n'avais pas l'air assez vieux pour
pouvoir entrer dans un club où on servait de
la boisson. «Je parie que le policier va lui
demander où», me disais-je.

— Vous devriez vraiment faire réparer
votre silencieux. Il est non seulement
bruyant, mais les émanations... (Le policier
était en train de s'étouffer à cause de la fumée huileuse qui s'en échappait. Il a toussé
et a agité la main pour chasser la fumée
autour de sa tête.) C'est dangereux. Je
pourrais vous donner une contravention.

— On va y voir, monsieur l'agent, a promis Spazz. On va se faire un peu d'argent,

ce soir. On n'a pas eu beaucoup de travail dernièrement. Alors il faudrait pas qu'on arrive en retard.

— Bon bien, arrangez-vous pour y voir sans tarder. Vos passagers à l'arrière vont avoir les poumons remplis de monoxyde de carbone. Vous feriez mieux de baisser les vitres. O.K.?

— D'accord, a acquiescé Spazz. Merci, monsieur l'agent.

— À propos, c'est quoi le nom de votre groupe? a demandé le policier, en se remettant à tousser.

Le moteur a fait un bruit d'enfer comme Melvin appuyait sur le champignon.

— Euh..., a marmonné Spazz. «Gâteau kidnappé».

J'ai avalé ma salive et je suis sûr d'avoir entendu Lorraine retenir son souffle, derrière moi. Mais l'agent nous a fait signe d'avancer.

Melvin a changé de vitesse et on a démarré en pétaradant, laissant l'agent derrière nous dans un nuage de fumée.

— «Gâteau kidnappé»! me suis-je exclamé. Es-tu fou? Comment as-tu pu penser à un nom comme ça. T'as failli nous faire prendre!

— Désolé, fit Spazz. Je ne m'attendais pas à cette question-là. J'ai dit le premier nom qui m'est passé par la tête. De toute façon, je ne pense pas que le policier m'ait même entendu. Melvin rinçait le moteur de la camionnette et l'agent était à moitié asphyxié par les gaz d'échappement.

— Où va-t-on, à présent? a demandé Melvin. On ne peut pas se permettre de se faire encore arrêter.

— Spazz a raconté au policier qu'on avait un engagement en ville, ai-je rappelé. Tu ferais mieux de faire semblant qu'on s'en va là, au cas où les policiers nous surveilleraient toujours.

— D'accord, a dit Melvin. Je vais tourner à gauche au prochain croisement. Ça nous mènera directement à l'autoroute vers le centre-ville.

Il avait raison. Dès qu'on a eu tourné à gauche, on n'avait pas d'autre option, à moins de revenir sur nos pas, que de garder la droite pour s'engager sur l'autoroute. Quelques instants plus tard, on apercevait la ligne d'horizon lumineuse du centre-ville. L'enseigne au néon au-dessus du Ritz était particulièrement visible.

— Où voulez-vous qu'on vous dépose? a demandé Glory. Debbie doit appeler son père... Allez-vous toujours nous donner le temps de sortir de la ville?

— Oui, a répondu Debbie. Laissez-nous près d'une cabine téléphonique. Ensuite, qu'allez-vous faire?

— L'autoroute va vers l'ouest. On va rester dessus, a précisé Glory, tant qu'on aura de l'argent pour l'essence.

— Écoute, intervint Spazz, j'ai une idée. Quelle heure est-il?

— Dix heures et quart, l'a renseigné Debbie.

— Parfait. Il est encore tôt. L'autoroute passe à deux coins de rue du Ritz. Pourquoi ne pas nous laisser là? On doit encore passer pour toucher l'argent que Billy T nous a promis, Kevin et moi. On a d'ailleurs accepté de rester là jusqu'à lundi.

— Tu blagues! ai-je sursauté. Tu ne suggères tout de même pas qu'on retourne à cet hôtel! Pas question pour moi de rester jusqu'à lundi, et puis Lorraine doit être de retour chez elle demain, aussi.

— Écoute, a repris Spazz. On a promis à Glory, Melvin et Nosh de leur donner le temps de s'enfuir. On a même été d'accord pour qu'ils s'évadent tout à fait, s'ils le peuvent; Debbie inventera une histoire quelconque. Elle va avoir besoin d'un peu de temps pour y penser. Alors, quel meilleur endroit que la suite royale du Ritz? D'ailleurs, on n'a jamais eu l'occasion de se servir du Jacuzzi. J'ai besoin de relaxer et j'ai envie de toucher mon argent au retour de Billy T.

— T'es fou comme un braque, lui ai-je dit.

— Et moi alors? a repris Lorraine. Tu ne t'attends sûrement pas à ce que je rentre là en portant cet uniforme de bonne?

— Pourquoi pas? Tu l'as déjà fait une fois.

— Je m'étais servie de l'escalier de service, a soupiré Lorraine. Je ne sais pas si ça marcherait de nouveau. Et puis sans mes bas-culottes noirs, on me remarquerait tout de suite.

— Je pense que j'ai un vieux manteau ici quelque part, s'est rappelée Glory. Tu peux le prendre, si tu veux. Il est long. Il couvrira ton uniforme.

— Bon, alors, c'est décidé, a émis Spazz.

— Qu'est-ce qui est décidé? ai-je demandé.

— Melvin va nous déposer près du Ritz, a poursuivi Spazz. On va rentrer et donner quelques minutes à Debbie pour inventer une histoire. Elle pourra ensuite appeler son père. Les filles pourront rentrer chez elles. Toi aussi, si tu veux, Kevin. Ou bien on peut tous les deux passer la nuit là. Je lui ai bien dit qu'on resterait jusqu'à lundi. C'est même ce que tu as dit à ta mère, tu te rappelles?

— Oui, mais c'était avant tout ce qui vient de se passer. Puis, comment est-ce qu'on va rentrer là encore une fois?

— On va essayer, O.K.? Si on n'y arrive pas, Debbie pourra toujours appeler son père pour lui dire qu'elle sera bientôt de retour à la maison. Si on veut être sûrs que Debbie ne se fasse pas questionner par la police, au moins jusqu'à ce que Glory et ses frères soient sortis de la ville, il va falloir aller quelque part. Quant à moi, je préfère passer ces quelques heures-là dans la suite royale du Ritz, plutôt que de me morfondre au terminus d'autobus ou dans un endroit semblable. Tu ne trouves pas, Debbie?

— D'accord, répondit-elle.

— On n'est qu'à quelques coins de rue du Ritz, a averti Melvin. Qu'est-ce que vous décidez?

— Braque à droite à la prochaine sortie, a indiqué Spazz. Tu peux nous laisser à la rue suivante. On fera le reste à pied. Ensuite, tu pourras reprendre l'autoroute.

Melvin prit la voie de droite, s'engagea sur une courte montée menant à la rue parallèle à l'autoroute. Il stoppa au bord du trottoir et éteignit le moteur.

On est descendus, ainsi que Glory et les filles. Elle a ouvert l'arrière, et Nosh est descendu à son tour pendant qu'elle fouillait pour trouver son manteau.

— Le voici, a-t-elle dit. (Sur quoi, elle aida Lorraine à l'endosser. Il la couvrait presque jusqu'aux chevilles.) Il te va parfaitement.

— Merci, lui a dit Lorraine. Mais je pense que l'idée de Spazz est débile.

Melvin était descendu de la camionnette lui aussi. Il a donné des poignées de main à la ronde.

— Merci, les gars. On apprécie vraiment ce que vous faites pour nous.

Glory nous a serrés très fort dans ses bras.

— Merci encore, a-t-elle dit. Vous êtes formidables! Je regrette vraiment de vous avoir fait subir ça. (Elle avait les larmes aux yeux.) Merci de nous donner cette deuxième chance.

— Tiens, prends ça, a fait Spazz. Un peu d'argent pour l'essence, courtoisie de Billy T. Ça vous permettra peut-être d'aller un peu plus loin.

— Que tu es gentil, Spazz, a ajouté Glory en l'embrassant sur la joue. Je vous enverrai une carte de Californie – si jamais on y arrive... Salut!

Elle monta dans la camionnette, à côté de Melvin. Nosh monta ensuite, tout sourire, après que Debbie lui eut donné une dernière bise.

Melvin a démarré et on a tout de suite été couverts de fumée noire.

— Continuez à jouer! a crié Spazz dans leur dos. Vous m'entendez?

On a agité la main pendant que Melvin s'éloignait lentement du trottoir.

— Attendez! je voudrais vous donner ça, a lancé Glory en passant une cassette à Spazz, par la fenêtre. C'est nous. Les chansons que vous avez aimées.

Ils étaient partis. On est restés sur le trottoir, attendant que la fumée disparaisse. À un coin de rue de là, l'entrée brillamment éclairée du Ritz illuminait la nuit.

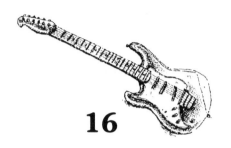

16

— **A**lors comment penses-tu qu'ils vont nous laisser rentrer? ai-je demandé.

Spazz n'a pas répondu. Il a tiré de sous sa veste la perruque noire de Billy T et il l'a posée sur sa tête.

— Je ne savais pas que tu l'avais toujours sur toi.

— Je l'ai gardée en souvenir, a répondu Spazz. De quoi j'ai l'air?

— Bien, j'imagine. Mais après tout ce qui a été écrit dans les journaux, est-ce qu'ils ne vont pas perdre les pédales en nous voyant revenir?

— Peut-être. Mais s'ils pensent toujours que je suis Billy T, il y a des chances qu'ils ne disent rien. Je leur loue la suite, ou plutôt, c'est Billy T qui leur loue, et tu as vu ce qu'ils ont dit dans les journaux: que l'hôtel ne révèle jamais les va-et-vient de ses clients. Alors, es-tu, oui ou non, prêt à tenter le coup? Et vous, les filles?

— Spazz, t'es vraiment un phénomène, a émis Lorraine en éclatant de rire. Pourquoi pas?

— Laisse-moi juste t'arranger ça, a suggéré Debbie en rentrant une mèche des cheveux blonds de Spazz sous la perruque. À présent, en rentrant, est-ce que je vais être la nouvelle femme de Billy T Banko ou seulement une de tes *groupies*? (Elle éclata de rire de nouveau.)

— J'espère qu'on ne va pas te reconnaître! a précisé Spazz. D'après moi, on devrait marcher vite en entrant, et aller directement à l'ascenseur comme si la place nous appartenait. Allons-y!

— Seigneur! ai-je gémi. Ça recommence...

Spazz s'est mis à marcher vers l'hôtel, d'un pas ferme. On a dû se dépêcher pour le rattraper. Au coin de rue où les filles s'étaient attroupées la veille, j'ai été soulagé de voir qu'il n'y avait personne. Je n'aurais pas tellement aimé qu'on entre dans l'hôtel, suivis d'une bande de filles hystériques.

Au bas des marches menant à l'entrée principale, on a pu voir que le portier n'était pas là. J'ai remarqué que Lorraine avait remonté le col du manteau de Glory autour de son visage, comme si elle voulait s'y cacher.

On était serrés les uns contre les autres en montant les marches, quand je me suis tout à coup rappelé qu'on n'avait pas la clef.

— Qu'est-ce qu'on va faire, Spazz? ai-je demandé. (Il se trouvait à quelques pas devant moi.) On n'a plus de clef!

Spazz n'a hésité qu'un instant, puis il est entré dans l'hôtel.

On a de nouveau dû se presser pour parvenir à le suivre. Ah, la douce sensation de l'épais tapis sous mes pieds! Il n'y avait aux tables que quelques dîneurs attardés et aucun signe de l'orchestre.

Spazz filait tout droit vers les ascenseurs, avec nous sur les talons, et nous y étions presque lorsqu'un personnage apparut de derrière les fougères en pots.

— Monsieur Banko, vous êtes de retour! Nous sommes heureux de vous revoir.

J'ai failli m'évanouir. C'était Stanley!

— Merci, marmonna Spazz.

Stanley appuya sur le bouton des ascenseurs, et la porte de l'un d'entre eux s'ouvrit immédiatement. On s'est dépêchés d'entrer, suivis de Stanley. Il a sorti sa clef spéciale et il a ouvert la petite boîte comme la première fois.

J'avais le cœur battant. Allait-on réussir? Il ne pouvait pas ne pas avoir reconnu Debbie, et pourquoi ne nous demandait-il pas ce qui nous était arrivé?

L'ascenseur approchait du dernier étage quand il a enfin parlé:

— Je vais aviser la Sécurité de votre retour, monsieur Banko. En mon nom personnel, et au nom de tout le personnel de Sécurité, je tiens à vous dire combien nous regrettons l'incident d'hier après-midi. Nous avons fait réparer la porte de votre suite. Vous pouvez être assuré que rien de semblable ne se reproduira.

— Pas de problème, a répondu Spazz. Mais pourriez-vous passer mon retour sous silence?

— Mais monsieur Banko... Je serai bien forcé d'en aviser le gérant! Il va vouloir s'assurer qu'on ne vous dérange pas.

— Alors, juste entre vous, moi et le gérant, d'accord? Moins il y aura de gens qui seront au courant que je suis de retour, mieux ça vaudra.

— Très bien, monsieur. Je vais faire part de votre demande au gérant.

On venait de passer le trente-quatrième étage, et la porte s'ouvrait déjà quand Spazz a déclaré à Stanley:

— Imaginez-vous que, dans la mêlée, j'ai oublié d'emporter la clef de la suite.

— Pas de problème, j'ai un passe-partout sur moi, a indiqué Stanley en nous ouvrant la porte de l'ascenseur. Autre chose, monsieur? (Il déverrouilla la porte de la suite, entra et alluma.)

— Non merci, Stanley. Tout est parfait, a souligné Spazz.

— Si vous désirez la moindre chose, n'hésitez pas à m'appeler. (Sur quoi, il salua et ferma doucement la porte, nous laissant seuls.)

— Suis-je un acteur ou pas? se vanta Spazz le sourire fendu jusqu'aux oreilles.

Debbie et Lorraine s'affalèrent sur l'un des sofas, mortes de rire. Spazz enleva sa veste, laissant tomber notre corde de fortune.

— Y en a-t-il parmi vous qui seriez capables de défaire les nœuds? J'aimerais bien récupérer ma cravate haut de gamme.

— J'imagine que je ne peux pas espérer remettre à neuf les bas-culottes de ma sœur? a demandé Lorraine.

— Hélas, non. Ils me paraissent trop déformés. La prochaine fois que tu tireras sur des bas-culottes, mon cher Kevin, fais-le délicatement.

J'ai saisi un coussin sur un fauteuil et je lui ai lancé à la tête.

— Debbie, tu ferais mieux d'appeler ton père, pour le rassurer, lui ai-je rappelé.

— D'accord, mais une minute. Il faut que ça paraisse plausible.

Spazz est allé dans une des chambres et il est revenu un maillot de bain à la main.

— Je vais me baigner, a-t-il annoncé. Y a un autre maillot pour toi, Kevin. Quant à vous, mesdemoiselles, à poil!

— Pas question! a rétorqué Lorraine. Stanley ne t'a-t-il pas dit d'appeler si tu avais besoin de la moindre chose? Le grand Billy T peut certainement se faire livrer deux maillots de bain de filles, et, en même temps, des bas-culottes noirs, taille moyenne.

— O.K., O.K. Tes désirs sont des ordres!

— Un instant, suis-je intervenu en voyant que Debbie venait de soulever le récepteur, l'air inquiet, en composant le numéro.

— Papa, c'est moi... Ça va très bien. Vraiment. Je ne me suis pas fait kidnapper. Il y a eu un malentendu... Oui, je suis libre. Écoute un peu, papa. Je suis avec des copains. C'était tout un mélange. Je me suis retrouvée au milieu d'un groupe appartenant à un club d'étudiantes qui pensaient me demander de me joindre à elles. Elles célébraient et elles sont allées un peu loin. C'était juste pour rire papa... Une fille, un peu trop enthousiaste. Je sais bien que c'était une mauvaise plaisanterie, papa, et que tu as dû être inquiet... Je n'ai jamais été d'accord, et la responsable le regrette amèrement... Non, je préfère ne pas te dire son nom. Elle s'est excusée... Non, je n'ai pas du tout l'intention de devenir membre de leur club.

«L'appel téléphonique? Hum... je ne sais vraiment pas comment elles ont pu obtenir notre numéro. Il y en a une qui a composé le numéro, puis qui m'a tendu l'appareil en me disant de lire une note. Je pensais que je parlais à quelqu'un de l'école, que ça faisait partie d'une initiation. Non, je n'étais pas droguée, rien de ça. Tu sais bien que je ne prends pas de drogue. Fais-moi confiance, papa. Woofie? C'est un sobriquet, je pense. Écoute, papa, as-tu appelé la police? Oui? Zut! Pourrais-tu leur expliquer que c'était juste une mauvaise plaisanterie et que je suis saine et sauve? Je sais qu'ils vont avoir pris tout ça au sérieux, mais je t'en supplie papa... je ne voudrais pas mettre quelqu'un dans le pétrin.

Si je vais rentrer à la maison? Honnêtement, j'aimerais mieux rester un peu plus longtemps. Non, pas avec le groupe du club. Je suis avec des amis. Euh, Lorraine Malone.»

Lorraine a pris un air désespéré.

— D'accord, je te la passe. Il veut te parler, a dit Debbie en passant le téléphone à Lorraine.

Celle-ci a d'abord protesté, mais ensuite elle a pris le combiné.

— Ici Lorraine. Oui, Debbie va très bien. On est avec quelques amis. Je vais m'assurer qu'elle rentre sans problème à la maison. Je vous le promets, monsieur Dobrazynski. D'accord.

Elle rendit l'appareil à Debbie.

— Ne m'attends pas pour te coucher, papa... S'il te plaît... Je serai rentrée dans deux heures à peine... À minuit au plus tard? Mais il est déjà dix heures et demie. Je serai rentrée à une heure. Promis... Oh, merci papa. Je t'aime. Bye.

Debbie raccrocha et alla s'affaler dans un fauteuil.

— Il va arranger ça avec la police. Mais il faut que je sois rentrée à une heure. Je lui ai donné ma parole.

— T'es assez bonne comédienne toi-même, dit Spazz, avec un sourire taquin. On a encore le temps de se tremper dans le bain. J'appelle à la réception pour qu'ils nous envoient les maillots et les bas-culottes. Ensuite, je pense qu'il me restera juste assez de l'argent de Billy T pour vous envoyer chez vous en taxi.

Spazz nous préparait des verres de boisson gazeuse au bar. Les filles et moi, nous nous trempions dans le Jacuzzi. L'hôtel avait marché. Stanley nous avait livré les maillots personnellement, et Lorraine était satisfaite des bas-culottes. Debbie et Lorraine se sont plaintes que leurs maillots de bain, ornés de l'emblème du Ritz, n'étaient pas très attrayants. Personnellement, je les trouvais super.

— Et voici de quoi vous désaltérer! a annoncé Spazz en entrant, les bras chargés d'un plateau. Ou bien préféreriez-vous un peu de Parfait d'Amour? ajouta-t-il, moqueur.

— Jamais! s'est exclamée Lorraine. La dernière fois que j'ai bu de ce truc-là, je me suis fait kidnapper!

— Ce qui me fait penser...! ai-je dit en sautant du bain.

— Où t'en vas-tu? m'a demandé Lorraine, d'un ton autoritaire.

— Je vais mettre la chaînette de sécurité sur la porte!

17

Quand les deux téléphones ont sonné, Spazz et moi étions en train de terminer le petit déjeuner que le service aux chambres nous avait fait porter. Nous écoutions aussi la cassette de Glory, comme nous l'avions fait des dizaines de fois la nuit précédente, avant le départ des filles qui, comme nous, l'avaient trouvée formidable.

Les deux appareils continuaient de sonner. On s'est regardés, en se demandant qui pouvait bien nous appeler.

— Il vaudrait probablement mieux répondre à l'un des deux, a fait Spazz.

Je me suis levé et j'ai décroché l'appareil le plus proche.

— Allô? ai-je dit, avec appréhension.

— Allô, Spazz?

J'ai cru reconnaître la voix.

— Euh, non. C'est Kevin.

— Salut Kevin. Ici Billy T. J'espère que je ne vous ai pas réveillés, les gars. Je ne sais pas trop bien quelle heure il est là-bas. Il est midi, ici. Je ne suis pas fort dans le calcul des fuseaux horaires.

— Vous ne nous avez pas réveillés. Spazz est à côté de moi.

— Parfait. Dis donc, si tu appuies sur un des boutons du téléphone qui se trouve sur mon bureau, vous pourrez tous les deux m'entendre et me parler. C'est un téléphone main libre.

— C'est justement de celui-là dont je me sers. Une minute...

J'ai trouvé le bouton dont Billy parlait, et je l'ai poussé.

— Ça y est, ai-je dit.

— Parfait. Alors, comment ça marche, Spazz?

— Hum... bien.

— Qui chante, là?

— C'est une cassette d'une de nos amies. Je vais baisser le son.

— Non, laisse, je veux l'entendre, a insisté Billy T.

— Vous voulez que j'augmente le volume? a demandé Spazz.

— Oui, et décroche le téléphone qui est près de l'appareil stéréo.

C'est ce qu'on a fait. Et une fois que la chanson fut terminée, on a diminué le volume.

— C'est très bon, a commenté Billy. Qui est-ce? Je n'ai jamais entendu ce groupe.

— Ils sont nouveaux, a expliqué Spazz. Ils n'ont pas encore enregistré. Voulez-vous entendre une autre chanson?

— D'accord.

Spazz a augmenté le volume juste au moment où Glory attaquait une autre toune.

Billy, Spazz et moi, on a écouté la chanson jusqu'à la fin. Puis Billy est revenu sur la ligne.

— Dites donc, les gars, pourriez-vous m'envoyer une copie de cette cassette? Ce groupe-là m'a l'air vraiment bon. Vous dites qu'ils n'ont pas encore enregistré?

— Non, a confirmé Spazz.

— Comment pourrais-je les rejoindre? Et qui est cette chanteuse? Elle a une voix superbe. Avez-vous leur numéro de téléphone ou leur adresse?

— Non, ai-je répondu, ni l'un ni l'autre. Ils viennent de déménager à Los Angeles. Ils sont présentement en route. Ils sont partis hier soir, en auto.

— Je serai là-bas à la fin de la semaine prochaine. Quel est le nom du groupe? J'aimerais entrer en contact avec eux. Je cherche justement un groupe pour ouvrir mon prochain spectacle. Pas du *heavy metal*, mais plutôt quelque chose pour faire contraste. J'ai l'impression qu'ils sont ce que je cherche. Pourriez-vous m'envoyer une copie par courrier express? J'aimerais entendre le reste de la cassette avant de communiquer avec eux. Ils doivent avoir d'autres chansons aussi?

— Oui, a déclaré Spazz. Il y a quinze chansons sur cette cassette. La chanteuse s'appelle Glory.

— Glory qui?

— Glory tout court, a répliqué Spazz. Je ne connais pas son nom de famille. Et je ne sais pas comment vous pourriez les retrouver.

— Le nom du groupe?

— Ils n'en ont pas vraiment.

— Spazz les a baptisés : Gâteau kidnappé, ai-je dit en riant.

— Est-ce que ça a rapport à quelque chose? a demandé Billy.

— Pas vraiment, a marmonné Spazz.

— Alors, envoyez-moi une copie de la cassette. À mon adresse de Los Angeles. Avez-vous un crayon?

J'en ai trouvé un, ainsi que du papier à lettres à l'en-tête du Ritz.

— J'écoute.

Après nous avoir dicté son adresse, Billy a poursuivi:

— Écoutez. La raison de mon appel, c'était pour vous remercier, et vous dire que Vicky et moi avions décidé de passer quelques jours de plus ici. On ne sera pas de retour lundi, comme prévu.

— Mais..., a commencé Spazz.

— Alors je ne veux pas vous retenir plus longtemps. Vous pouvez partir quand vous voulez. En fait, je vais rappeler l'hôtel pour leur dire de m'envoyer les quelques vêtements que j'ai toujours là-bas. Je ne m'attends pas à retourner dans votre ville avant un moment. Alors, les gars, si vous voulez partir aujourd'hui, je suis tout à fait d'accord. Si je vous envoie chacun un chèque, ça fera votre affaire?

— Certainement, avons-nous dit ensemble.

— O.K., donnez-moi votre adresse.

On la lui a donnée.

— J'espère que tout s'est bien passé, a repris Billy. Vous n'avez pas eu de problèmes? J'ai reçu un appel bizarre de mon agent.

— Notre promenade en ville a attiré quelques filles, a répondu Spazz. Elles ont envahi la place, causant quelques problèmes à la Sécurité. Mais tout est rentré dans l'ordre, à présent.

— Tant mieux. Et merci encore. Vicky et moi avons vraiment apprécié cette chance que vous nous avez donnée de nous esquiver. Je vous envoie les chèques et vous m'envoyez la cassette, d'accord? Et je m'occuperai de tout à l'hôtel. À un de ces jours, les gars.

— Attendez, a repris Spazz. Je dois vous dire qu'on a acheté deux cravates chez Friedbergs. Elles étaient plutôt chères. On les a portées à votre compte.

— Oubliez ça. Pas de problème, nous a rassurés Billy. Oh, à propos, Spazz. Est-ce que je pourrais garder ta veste ? Elle me plaît bien.

— Bien sûr, a répliqué Spazz, en riant.

— Kevin et toi, vous pouvez garder celles que vous portez. On est quittes, O.K.?

— Super, a fait Spazz. Merci!

Billy raccrocha.

— Watatatow! a exulté Spazz. Fichons le camp d'ici. J'en ai assez de la vie au Ritz, pas toi?

— Oui, fichons le camp. On va même arriver à la maison un jour plus tôt.

— On va malheureusement devoir prendre l'autobus. Désolé, mais j'ai donné mes derniers sous à Debbie et à Lorraine pour le taxi. Retour donc au bon vieux Spazz. J'imagine que je ne vais plus avoir besoin de ça, a-t-il dit, en lançant la perruque de Billy T sur un sofa. Prenons l'escalier de service, a-t-il dit, comme nous franchissions la porte de la suite royale du Ritz.

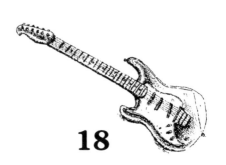

18

Deux mois ont déjà passé depuis ce que Spazz et moi on appelle notre «fin de semaine au Ritz».

Nos chèques sont arrivés quelques jours seulement après le coup de fil de Billy T. Spazz a dépensé presque tout son argent à s'acheter du linge. Mais pas à l'Armée du Salut. Ces vêtements-là ne sont plus de mise depuis qu'il sort avec Debbie Dobrazynski. Lorraine et moi, on est toujours ensemble aussi.

Le père de Debbie a réussi à arranger les choses avec les autorités. Il n'était pas trop certain que Debbie doive continuer à étudier au Carrefour, mais Debbie lui a raconté que c'étaient des filles d'une école privée qui avaient concocté le faux enlèvement et il s'est ravisé.

Debbie dut quand même endurer qu'on la dévisage et qu'on lui pose des tas de questions, à son retour à l'école, ce lundi-là. Mais elle sut garder la tête froide. La rumeur se répandit donc que toute l'affaire n'avait été qu'un coup publicitaire, imaginé par l'agent de Billy T.

Hier on a reçu une carte postale de Glory, adressée à nous quatre. Elle avait été postée de Los Angeles et adressée à l'école.

Désolée d'avoir mis si long-temps à vous écrire, mais on n'a pas voulu faire de vagues pendant quelque temps. Devinez quoi? Demain soir, nous ouvrons le spectacle de Vautour Noir, en vedette américaine, au Hollywood Bowl. Incroyable, non? Et tout ça grâce à vous. Billy T nous cherchait depuis six semaines, et c'est seulement parce qu'il a mis une annonce dans le Times de Los Angeles qu'il nous a finalement trouvés. J'ai vu l'annonce. On demandait à «Glory et le Gâteau kidnappé» d'appeler à un certain numéro, en vue d'un contrat d'enregistrement. Et la semaine prochaine, on va enregistrer notre premier disque dans un des studios haut de gamme dont nous avions toujours rêvé. Billy T a suggéré que nous changions notre nom, mais j'ai refusé. C'est Spazz qui nous l'a donné, et Nosh l'adore. Dites-nous le mot de Cambronne. Amitiés de Glory, Nosh et Melvin.

Encore une chose. L'autre jour, papa a demandé à maman, en fouillant dans son placard, si elle avait vu son veston sport préféré.

— Tu veux dire la vieille défroque en velours côtelé vert, avec des pièces rapportées aux manches?

— Oui, mon veston préféré.

— Je pensais que tu ne le portais plus, alors je l'ai donné à l'Armée du Salut – il y a un mois ou deux. Même ce fou de Spazz – je n'arrive jamais à me rappeler son nom de famille –, l'ami de Kevin, même lui ne porterait jamais une pareille horreur. Tu sais pourtant comment il s'attife quand il se prend pour une vedette rock comme

222

Condor Vert, ou je ne sais plus comment ils s'appellent.

Je me suis alors rappelé où j'avais déjà vu la veste de Spazz. Si maman savait!

EN GRAND FORMAT

La promesse de Luke Baldwin
de Morley Callaghan
traduit par Michelle Tisseyre
La main de Robin Squires
de Joan Clark
traduit par Claude Aubry
En montant à Low
de Brian Doyle
traduit par Claude et Danielle Aubry
D'une race à part
de Tony German
traduit par Maryse Côté
La passion de Blaine
de Monica Hughes
traduit par Marie-Andrée Clermont
Écoute l'oiseau chantera
de Jean Little
traduit par Paule Daveluy
Une ombre dans la baie
de Janet Lunn
traduit par Paule Daveluy
Tiens bon!
de Kevin Major
traduit par Michelle Robinson
La malédiction du tombeau viking
de Farley Mowat
traduit par Maryse Côté
Jasmine
de Jan Truss
traduit par Marie-Andrée Clermont
Certificat d'honneur IBBY pour la traduction

Imprimé au Canada

Métrolitho
Sherbrooke (Québec)